CB031055

HISTÓRIAS DE
HOWARD PHILLIPS

LOVECRAFT

ILUSTRADAS POR
FRANÇOIS BARANGER

Título original: At the Mountains of Madness, 1931
Publicado na revista *Astounding Stories*,
entre fevereiro e abril de 1936
Copyright das ilustrações © Baranger 2019
Copyright do Prefácio © Maxime Chattam 2019
Todos os direitos reservados.

Tradução para a língua portuguesa © Ramon Mapa, 2017
Tradução do Prefácio © Paulo Raviere, 2023

Diretor Editorial
Christiano Menezes

Diretor Comercial
Chico de Assis

Diretor de Novos Negócios
Marcel Souto Maior

Diretor de MKT e Operações
Mike Ribera

Diretora de Estratégia Editorial
Raquel Moritz

Gerente Comercial
Fernando Madeira

Gerente de Marca
Arthur Moraes

Gerente Editorial
Marcia Heloisa

Editor
Bruno Dorigatti

Adaptação de Capa e Projeto Gráfico
Retina 78

Coordenador de Arte
Eldon Oliveira

Coordenador de Diagramação
Sergio Chaves

Designer Assistente
Ricardo Brito

Preparação e Revisão
Ana Kronemberger
Cecília Floresta

Finalização
Sandro Tagliamento

Impressão e Acabamento
Gráfica Geográfica

DADOS INTERNACIONAIS DE CATALOGAÇÃO NA PUBLICAÇÃO (CIP)
Jéssica de Oliveira Molinari - CRB-8/9852

Lovecraft, H. P. (Howard Phillips), 1890-1937
 Nas montanhas da loucura v. 1 / Howard P. Lovecraft,
 François Baranger ; tradução de Ramon Mapa.
 — Rio de Janeiro : DarkSide Books, 2023.
 64 p. : il., color.

 ISBN 978-65-5598-263-3
 Título original: At the Mountains of Madness

 1. Ficção norte-americana 2. Terror I. Título II. Mapa, Ramon

23-2506   CDD 813

        Índice para catálogo sistemático:
            1. Ficção norte-americana

[2023, 2024]
Todos os direitos desta edição reservados à
DarkSide® *Entretenimento LTDA.*
Rua General Roca, 935/504 — Tijuca
20521-071 — Rio de Janeiro — RJ — Brasil
www.darksidebooks.com

Um conto de
H. P. LOVECRAFT

Ilustrada por
FRANÇOIS BARANGER

NAS MONTANHAS DA
LOUCURA

VOLUME I

DARKSIDE

Tradução
RAMON MAPA

PREFÁCIO A
NAS MONTANHAS DA LOUCURA
DE FRANÇOIS BARANGER

Comecei a ler Lovecraft depois de jogar uma partida do RPG *O Chamado de Cthulhu*, nos anos 1980. Eu era um jovem adolescente, adorava esse jogo, e queria conhecer o autor que o inspirou. Então eu fui buscar seus contos nos livros que desenterrava, sem ainda ser o colecionador obcecado que me tornei — era antes de tudo uma questão de encontros, de acasos.

Estranhamente, demorei para abrir *Nas Montanhas da Loucura*. Foi depois de levar um tapa na cara assistindo a *O Enigma de Outro Mundo*, de John Carpenter. Um amigo me disse que eu poderia encontrar atmosfera semelhante em um romance curto de Lovecraft, e isso bastou para mim.

Desde então, a calota de gelo e eu circulamos por várias décadas. A campanha *Além das Montanhas da Loucura*, para o mesmo RPG, foi uma das minhas maiores lembranças como jogador, uma epopeia humana (precisamos reconhecer que o excepcional talento narrativo de Christian Lehmann não a ignora), uma viagem que ainda hoje me assombra bastante. Para vocês terem uma ideia, cheguei a começar a me preparar para um inverno de quase seis meses na Antártida, com o objetivo de escrever um thriller ambientado lá, até que conheci minha esposa. Como é de se esperar, o inverno foi adiado...

Mas meu fascínio por essa história permanece.

Eu a imaginei de todos os ângulos — alimentado pelas palavras de Lovecraft, percorri as trevas várias vezes.

Eis que certa tarde François Baranger (que conheci por sua maravilhosa adaptação de *O Chamado de Cthulhu*) me mostrou suas ilustrações, e então essa história que eu achava que sabia de cor se apropriou totalmente de mim, e eu a revi em minha mente.

François a iluminou.

Além de seus traços formidáveis, há essa visão iluminada da aventura, do mistério, do horror. Vejam como ele conseguiu nos projetar sobre o gelo. Cada imagem é uma jornada. Cada transição, um tremor. Vocês logo vão sentir o frio, vão querer gritar aos personagens para não descerem por esse buraco, vão temer que o platô congelado que protege os Grandes Antigos se derreta e libere seu odor infecto... Isso porque François deu vida ao texto, e ainda mais, deu uma emoção visual!

Falei acima de *O Enigma de Outro Mundo* — duvido que alguém diga que nestas páginas não se encontra a mesma atmosfera que na tela, com um toque singular a mais, de François conversando com Lovecraft. Porque, para restituir com tal precisão os delírios do mestre de Providence, François foi obrigado a entrar na mente dele. Um lento processo de criação que deduzimos ser complexo, fastidioso, e uma declaração de amor à obra. Há uma homenagem aqui. Homenagens! Para nós, amadores, o maior prazer.

O resultado conversou comigo com rara precisão. Espero que vocês sejam fisgados como eu fui. Analisem cada ilustração, admirem a penetração da luz, a escolha do ângulo e deixem-se levar por este drama.

Eu achava que conhecia *Nas Montanhas da Loucura*, mas agora sei que elas estavam incompletas. Não mais retornarei a elas sem os desenhos de François, que marcaram minhas retinas tanto quanto, em minha época, as palavras de Lovecraft, e tudo se fundiu. Para melhor.

Agora deixo vocês com o pior, com o horror na calota de gelo. Usem roupas quentes e tomem cuidado, pois este é um frio que penetra o âmago e aprisiona a alma.

Quem garante que no volume II não contemplaremos as nossas almas debaixo do gelo?

Maxime Chattam

I

Sou forçado a falar porque homens da ciência se recusam a seguir meu conselho sem saber o motivo. É completamente a contragosto que exponho as razões pelas quais me oponho a essa contemplada invasão da Antártida — com sua vasta caça a fósseis e sua já anunciada promessa de escavar e derreter a ancestral calota de gelo — e estou ainda mais relutante porque meu aviso poderá ser em vão.

Duvidar dos fatos, tais como devo revelá-los, é inevitável; uma vez que, caso eu omita o que possa parecer extravagante e incrível, nada restará. As fotografias previamente anexadas, tanto comuns quanto aéreas, contarão a meu favor; pois elas são odiosamente vívidas e claras. Ainda assim, serão questionadas em virtude do grande requinte que as astutas falsificações têm alcançado. Os desenhos à tinta, obviamente, serão escarnecidos como óbvias imposturas; não obstante sua estranheza técnica que os especialistas em arte deveriam destacar e estudar.

Ao final, devo contar com o juízo e o reconhecimento dos poucos líderes científicos que tenham, por um lado, suficiente independência de pensamento para pesar meus dados em seus próprios méritos monstruosamente convincentes ou à luz de certos círculos míticos primordiais e altamente desconcertantes; e que, por outro lado, disponham de influência suficiente para deter qualquer programa imprudente e exageradamente ambicioso na região dessas montanhas da loucura. É um infortúnio que homens relativamente obscuros como meus associados e eu, ligados apenas a uma pequena universidade, tenham pouca chance de impressionar quando matérias de natureza selvagemente bizarra ou altamente controversa estão envolvidas.

Pesa contra nós não sermos, em sentido estrito, especialistas nas áreas em que terminamos envolvidos. Como geólogo, meu objetivo ao liderar a expedição da Universidade Miskatonic era obter espécimes de rocha de níveis profundos em várias partes do continente antártico, auxiliado pela notável broca projetada pelo professor Frank H. Pabodie de nosso departamento de engenharia. Eu não desejava me tornar um pioneiro em nenhuma outra área além dessa; mas tinha a esperança de que o uso desse novo aparato mecânico em diferentes pontos ao longo de caminhos previamente explorados poderia trazer à luz materiais de um tipo até então inalcançados pelos métodos tradicionais de coleta. O aparato perfurador de Pabodie, como o público já conhece por meio de nossos relatórios, era

único e radical em sua leveza, portabilidade e capacidade em combinar o princípio da perfuração artesiana com o princípio da pequena perfuração circular de rochas de maneira a lidar rapidamente com camadas de dureza variada. Ponta de aço, hastes articuladas, motor a gasolina, torre de madeira dobrável, parafernália para dinamitação, acordoamento, sonda para remoção de detritos e uma tubulação seccional com furos de doze centímetros de diâmetro para perfurações de até trezentos metros constituíam, com os acessórios necessários, um peso não muito superior ao que sete trenós com cães seriam capazes de carregar; sendo tudo isso possível em virtude da brilhante liga de alumínio com a qual a maior parte dos dispositivos foi confeccionada. Quatro grandes aviões Dornier,[1] desenvolvidos especialmente para as tremendas altitudes de voo necessárias no platô antártico com suprimento de combustível adicional e equipamentos de rápida ignição criados por Pabodie, poderiam transportar nossa expedição inteira de uma base nos limites da grande barreira de gelo até vários pontos internos adequados, e a partir daí uma cota suficiente de cães nos bastaria.

Planejávamos cobrir uma área tão grande — ou até maior, se fosse absolutamente necessário — quanto possível em uma estação antártica, operando basicamente nas encostas das montanhas e no platô sul do mar de Ross; regiões exploradas em diversos graus por Shackleton, Amundsen, Scott e Byrd. Com mudanças frequentes de acampamento, realizadas de avião e envolvendo distâncias grandes o bastante para alguma significação geológica, pretendíamos escavar uma quantidade sem precedentes de material, especialmente do estrato pré-cambriano do qual uma quantidade tão pequena de amostras fora conseguida anteriormente. Também desejávamos uma ampla variedade de rochas fossilizadas, pois os primórdios da história da vida nesse reino desolado de gelo e morte são de extrema importância para nosso conhecimento do passado da Terra. Que o continente antártico era, nesse tempo, temperado e até mesmo tropical, com uma vegetação exuberante e vida animal dos quais líquenes, fauna marinha, aracnídea e pinguins do extremo norte são os únicos sobreviventes, é um dado comum; e esperávamos expandir esses dados em variedade, precisão e detalhes. Quando um simples buraco revelasse sinais de fósseis, nós aumentaríamos seu diâmetro com uma série de explosões para alcançar espécimes nos tamanhos e condições adequados.

Nossas perfurações, que variavam de profundidade de acordo com as características da camada superior de solo ou rocha, estavam limitadas a superfícies de terra expostas ou parcialmente expostas — sendo estas invariavelmente encostas e elevações por conta da espessura de um e meio a três quilômetros de gelo sólido que recobria os níveis inferiores. Não podíamos correr o risco de perfurar algum amontoado considerável de mera glaciação, embora Pabodie tenha desenvolvido um plano de penetrar eletrodos de cobre em espessos aglomerados perfurados, derretendo áreas limitadas de gelo com a corrente gerada por um dínamo movido a gasolina. Esse é o plano — que não pudemos colocar em prática exceto experimentalmente em uma exploração como a nossa — que a futura expedição Starkweather-Moore propõe seguir, apesar dos avisos que dei desde nosso retorno da Antártida.

O público tomou conhecimento da expedição Miskatonic através de nossos frequentes relatórios emitidos via rádio para o *Arkham Advertiser* e para a Associated Press, além de recentes artigos meus e de Pabodie. Consistíamos de quatro homens da universidade — Pabodie, Lake, do departamento de biologia, Atwood, do departamento de física (também um meteorologista), e eu, representando a geologia e com o comando

nominal — além de dezesseis assistentes; sete graduados da Miskatonic e nove mecânicos habilidosos. Desses dezesseis, doze eram qualificados pilotos de avião, sendo apenas dois competentes operadores de rádio. Oito eram capazes de navegar com bússola e sextante, como Pabodie, Atwood e eu. Além disso, claro, nossos dois navios — antigos baleeiros de madeira, reforçados para enfrentar as condições gélidas e com um motor a vapor extra — estavam completamente tripulados. A fundação Nathaniel Derby Pickman,[2] auxiliada por algumas contribuições especiais, financiara a expedição; assim, nossos preparativos estavam extremamente completos apesar da ausência de larga publicidade. Os cães, trenós, máquinas, material de acampamento e as partes não montadas de nossos cinco aviões foram entregues em Boston, e lá nossos navios foram carregados. Estávamos maravilhosamente bem equipados para nossos propósitos específicos, e em todas as matérias relacionadas a suprimentos, regimes, transportes e construção de acampamento seguíamos o excelente exemplo de muitos dos nossos recentes e excepcionalmente brilhantes predecessores. Foi o número incomum e a fama desses predecessores que fez nossa própria expedição — ampla como era — ser tão pouco notada pelo mundo.

2 Derby é um nome que aparece em algumas histórias de Lovecraft, principalmente em "A Coisa na Soleira da Porta"; o mesmo ocorre com Pickman, do conto "O Modelo de Pickman".

Conforme relataram os jornais, partimos do porto de Boston em 2 de setembro de 1930; tomamos um curso calmo pela costa e através do canal do Panamá, parando em Samoa e Hobart, na Tasmânia, onde nos abastecemos com os últimos suprimentos necessários. Nenhum de nossos companheiros de exploração estivera nas regiões polares antes, assim nos apoiávamos muito nos capitães dos nossos navios — J.B. Douglas, comandando o brigue *Arkham* e servindo como comandante da frota, e Georg Thorfinnssen no comando da barcaça *Miskatonic* — ambos baleeiros veteranos das águas antárticas. Enquanto deixávamos o mundo habitado, o sol, logo atrás, se abaixava cada vez mais ao norte, e pousava mais e mais sobre o horizonte a cada dia. Aproximadamente a 62° de latitude sul presenciamos nossos primeiros icebergs — objetos tabulares com flancos verticais — e logo antes de atingir o Círculo Antártico, que cruzamos no dia 20 de outubro com as devidas cerimônias, estávamos em sérios problemas no campo de gelo. A temperatura em queda incomodou-me consideravelmente após nossa longa viagem através dos trópicos, mas tentei me preparar para os maiores rigores que se avizinhavam. Em várias ocasiões, os curiosos efeitos atmosféricos me encantaram vastamente; incluindo uma miragem contundentemente vívida — a primeira que vi —, na qual distantes icebergs se tornaram ameias de inimagináveis castelos cósmicos.

Passando pelo gelo, que, afortunadamente, não era nem extenso nem espesso demais, retomamos o mar aberto aos 67° de latitude sul e 175° de longitude leste. Na manhã de 26 de outubro, um forte indício de terra veio do sul, e antes do meio-dia todos nós sentimos a emoção de avistar uma vasta, alta e nevada cadeia de montanhas que se abria e preenchia toda a paisagem à frente. Finalmente havíamos encontrado um posto avançado do grande continente desconhecido e seu críptico mundo de morte congelante. Tais picos eram, obviamente, a baía do Almirantado, descoberta por Ross, e seria agora nossa tarefa rodear o cabo Adare e navegar pela costa leste da Terra da Vitória até a nossa planejada base às margens do estreito de McMurdo, aos pés do vulcão Érebo, aos 77°9' de latitude sul.

A última parte da viagem foi vívida e impressionante, grandes barreiras de picos misteriosos bruxuleando constantemente a oeste enquanto o baixo sol do meio-dia boreal, ou o austral sol da meia-noite ainda mais baixo, roçando o horizonte, espalhava seus tênues raios rubros sobre a alva neve, sobre o gelo azulado e as faixas de água e os pontos negros da encosta de granito exposto. Pelos cumes sopravam rangentes baforadas intermitentes do terrível vento antártico; cujas cadências vez por outra continham vagas sugestões de um selvagem e semisenciente assovio musical, com notas de vasto alcance, e que, por alguma mnemônica razão subconsciente, pareceram para mim inquietantes e mesmo obscuramente terríveis. Algo na cena me fazia lembrar das estranhas e perturbadoras pinturas asiáticas de Nikolai Rerikh,[3] e as ainda mais estranhas e mais perturbadoras descrições do afamado platô de Leng, que aparece no horripilante *Necronomicon* do árabe louco, Abdul Alhazred. Lamento, já um tanto tarde, ter vislumbrado o conteúdo desse livro monstruoso na biblioteca da universidade.

No dia 7 de novembro, com a vista da extensão oeste temporariamente perdida, passamos pela Ilha Franklin; e o dia seguinte desvelou os cones dos montes Érebo e Terror na ilha de Ross, bem à frente, com a longa linha das montanhas Parry mais além. Lá se esticava, em direção ao leste, a baixa linha branca da barreira de gelo, erguendo-se perpendicularmente a uma altura de sessenta metros, como os cumes rochosos de Quebec, e marcando o fim da navegação pelo sul. À tarde adentramos o estreito de McMurdo e permanecemos longe da costa, alinhados ao fumegante monte Érebo. O escoriáceo pico se erguia a uns quatro quilômetros contra o céu oriental, como uma pintura japonesa do sagrado Fujiyama; ao mesmo tempo que, mais adiante, surgia o fantasmagórico e alvo cimo do monte Terror, com três quilômetros de altura, agora um vulcão extinto. Lufadas de fumaça vinham intermitentes do Érebo, e um dos assistentes graduados — um jovem e brilhante camarada chamado Danforth — apontou para o que parecia ser lava na encosta nevada; então observou que essa montanha, descoberta em 1840, seria, sem dúvida, a fonte imagética de Poe quando, sete anos depois, ele escreveu:

> — as lavas que inquietas rolam
> Suas sulfurosas correntes pelo Yaanek
> Nos climas extremos do polo —
> Que rugem enquanto descem pelo monte Yaanek
> Nos domínios do boreal polo.

3   Nikolai Rerikh (1874-1947), escritor e artista plástico russo, cujas pinturas eram muito admiradas por Lovecraft. Manipulando a perspectiva e a iluminação dos quadros, Rerikh criava imagens realistas que evocavam estranheza e surrealismo.

Danforth era um grande leitor de material bizarro e falara bastante de Poe. Eu mesmo me interessei em virtude da cena antártica retratada na única história longa de Poe — a perturbadora e enigmática *Narrativa de Arthur Gordon Pym*.[4] Na costa estéril, e na elevada barreira de gelo ao fundo, miríades de grotescos pinguins grasnavam e batiam as aletas; enquanto várias focas gordas podiam ser vistas na água, nadando e se esparramando sobre os largos montões de gelo que lentamente vagavam.

Em pequenos barcos, efetuamos um desembarque difícil na ilha de Ross logo após a meia-noite, na madrugada do dia 9, trazendo um cabo de cada um dos navios e nos preparando para descarregar os suprimentos através de um arranjo de boias-calção. Nossas sensações ao dar o primeiro passo no solo antártico foram pungentes e complexas, ainda que, nesse ponto em especial, as expedições Scott e Shackleton tenham nos precedido. Nosso acampamento na margem congelada da encosta do vulcão era apenas provisório; mantivemos o quartel-general a bordo do *Arkham*. Desembarcamos todo nosso equipamento de perfuração, os cães, trenós, barracas, provisões, tanques de gasolina, o protótipo para derreter gelo, câmeras terrestres e aéreas, as partes dos aviões e outros acessórios, incluindo três pequenos dispositivos de comunicação sem fio (além dos que estavam nos aviões), capazes de manter comunicação com o dispositivo maior localizado no *Arkham* a partir de qualquer parte do continente antártico que quiséssemos visitar. O rádio do navio, em comunicação com o mundo exterior, era utilizado para enviar relatórios de imprensa para a poderosa estação de rádio do *Arkham Advertiser* em Kingsport Head, Massachusetts. Esperávamos completar nosso trabalho durante um único verão antártico, mas caso isso se mostrasse impossível, invernaríamos no *Arkham*, enviando o *Miskatonic* para o norte antes da glaciação a fim de buscar suprimentos para mais um verão.

Não preciso repetir o que os jornais já publicaram sobre nosso trabalho inicial: nossa subida ao monte Érebo; nossas bem-sucedidas escavações em vários pontos da ilha de Ross e a velocidade ímpar com que os equipamentos de Pabodie as realizaram, mesmo perfurando camadas de rocha sólida; nosso teste provisório do pequeno equipamento de derreter gelo; nossa perigosa escalada

na grande barreira com trenós e suprimentos; e nossa montagem final dos cinco grandes aviões no acampamento no cimo da barreira. A saúde de nosso grupo em terra — vinte homens e cinquenta e cinco cães Alasca que puxavam os trenós — era notável, apesar de não termos, é claro, encontrado temperaturas ou tempestades de vento realmente destrutivas até ali. Na maior parte do tempo, o termômetro variava entre –18° e –7° ou –4° graus, e nossa experiência com os invernos da Nova Inglaterra nos acostumara a rigores em tal monta. O acampamento na barreira era semipermanente, sendo destinado à estocagem de gasolina, provisões, dinamite e outros suprimentos.

Apenas quatro de nossos aviões eram necessários para carregar o material realmente destinado à exploração, e o quinto, tripulado por um piloto e dois homens dos navios, era mantido como um depósito temporário que nos resgataria a partir do *Arkham* caso todos os aviões exploratórios se perdessem. Depois, quando não estivéssemos usando todos os demais aviões para transporte de equipamentos, empregaríamos um ou dois num serviço de transporte de idas e vindas entre esse depósito e a outra base permanente no grande platô a mil ou mil e cem quilômetros ao sul, além da geleira Beardmore. Apesar dos informes quase unânimes sobre os pavorosos ventos e tempestades que desciam do platô, decidimos abrir mão de bases intermediárias, arriscando-nos em prol da economia e de uma provável eficiência.

Boletins via rádio relataram o emocionante voo de quatro horas ininterruptas de nosso esquadrão, no dia 21 de novembro, sobre a impressionante plataforma de gelo, com vastos picos se erguendo a oeste e os silêncios insondáveis ecoando o som de nossos motores. O vento nos incomodou apenas moderadamente, e nossas radiobússolas nos auxiliaram a atravessar uma neblina opaca que encontramos. Quando a vasta elevação se assomou à frente, entre os 83° e os 84° de latitude, soubemos que havíamos alcançado a geleira Beardmore, o maior vale glacial do mundo, e que o mar congelado estava agora dando lugar a um hostil e montanhoso litoral. Finalmente adentrávamos o branco de fato, um mundo do extremo sul aniquilado por éons, e enquanto percebíamos isso avistamos o pico do Nansen no oriente distante, erguendo-se à sua altura de quase cinco quilômetros.

4   Único romance escrito por Edgar Allan Poe, publicado em 1838. Lovecraft empresta de Poe alguns elementos
para sua história, como a presença dos estranhos pinguins gigantes.

O estabelecimento bem-sucedido da base sul sobre a geleira aos 86º7' de latitude e 174º23' de longitude leste, além das escavações e explosões fenomenalmente rápidas feitas em vários pontos alcançados pelas nossas viagens de trenó e curtos voos de avião, foram históricos; assim como a árdua e triunfante subida do Nansen por Pabodie e dois dos estudantes graduados — Gedney e Carroll — entre 13 e 15 de dezembro. Estávamos a uns três quilômetros acima do nível do mar, e quando perfurações experimentais revelaram, em certos pontos, terreno sólido apenas a cerca de quatro metros abaixo da neve e do gelo, fizemos um uso considerável do pequeno equipamento de derreter, introduzimos sondas e dinamitamos em muitos lugares onde nenhum explorador antes de nós nem mesmo pensara em coletar espécimes minerais. Os granitos pré-cambrianos e os arenitos Beacon assim obtidos confirmaram nossa crença de que esse platô era homogêneo em relação à enorme massa do continente ao oeste mas, de certa forma, diferente das partes ao leste abaixo da América do Sul — que até então acreditávamos formar um continente menor e separado, apartado do maior por uma junção congelada dos mares de Ross e Weddell, embora Byrd já tivesse desmentido essa hipótese.

Em certos arenitos, dinamitados e cinzelados depois que a perfuração nos revelou sua natureza, encontramos marcas de fóssil e fragmentos altamente interessantes — notáveis samambaias, algas marinhas, trilobitas, crinoides e alguns moluscos como lingulídeos e gastrópodes — e todos pareciam ter uma real significância em relação à história primordial da região. Havia também uma estranha formação triangular estriada, com cerca de trinta centímetros ou mais de diâmetro, a qual Lake montou a partir de três fragmentos de ardósia coletados de uma abertura criada por uma explosão em grande profundidade. Tais fragmentos vieram de algum ponto a oeste, próximo à cordilheira da Rainha Alexandra; e Lake, como biólogo, teria percebido em suas curiosas marcas algo singularmente enigmático e instigante, embora meu olhar geológico enxergasse nada mais que efeitos de onda razoavelmente comuns em rochas sedimentárias. Uma vez que a ardósia nada mais é do que uma formação metamórfica na qual um estrato sedimentar é prensado, e já que a própria pressão produz efeitos estranhamente distorcidos em quaisquer marcas que possam existir, não vi razão para esse encantamento extremo diante da depressão estriada.

estudantes, quatro mecânicos e eu voamos diretamente sobre o Polo Sul em dois grandes aviões, sendo forçados a pousar uma vez por um repentino vento alto que, por sorte, não se transformou em uma típica tempestade. Esse foi, conforme relataram os jornais, um dos vários voos de observação; com eles tentamos discernir novas formas topográficas em áreas jamais alcançadas por outros exploradores. Nossos primeiros voos foram desapontadores a esse respeito; contudo, nos garantiram alguns exemplos magníficos das miragens ricamente fantásticas e ilusórias das regiões polares, das quais nossa viagem por mar havia fornecido algumas pequenas amostras. Montanhas distantes flutuavam no céu como cidades encantadas, e frequentemente o mundo branco em sua inteireza se dissolvia em ouro, prata e terra escarlate de dunsanianos sonhos e venturosa expectativa sob a magia do baixo sol da meia-noite. Nos dias nublados, enfrentávamos problemas consideráveis durante os voos, pois a terra nevada tendia a se mesclar ao céu em um único e místico vazio opalescente sem horizonte visível que demarcasse a junção entre ambos.

Ao final, resolvemos seguir com nosso plano original de voar oitocentos quilômetros ao leste com nossos quatro aviões exploratórios e então estabelecer uma nova sub-base em um ponto que, como erroneamente pensávamos, provavelmente estaria localizado na menor divisão do continente. Espécimes geológicos obtidos ali seriam bem-vindos para fins de comparação. Até então nossa saúde permanecera excelente; suco de limão compensava a dieta constante de comida salgada e enlatados, e as temperaturas frequentemente acima de −18° nos permitiam dispensar nossos casacos de pele mais robustos.

do poderíamos concluir nosso trabalho em março, evitando um tedioso inverno através da longa noite antártica. Vindas do oeste, sucessivas tempestades de ventos selvagens caíram sobre nós, mas evitamos maiores danos graças à habilidade de Atwood na elaboração de rústicos abrigos de aviões e quebra-ventos e no reforço das instalações do acampamento principal com pesados blocos de neve. Nossa boa sorte e eficiência tinham sido, de fato, quase incríveis.

O mundo exterior sabia, é claro, de nossa programação, e fora informado também da estranha e obstinada insistência de Lake, o qual afirmava que deveríamos seguir para o oeste — ou melhor, noroeste — antes de nossa mudança radical para a nova base. Aparentemente, ele ponderara um bocado, e com uma ousadia radicalmente alarmante, a respeito das marcas triangulares estriadas na ardósia; ele leu nessas marcas certas contradições da Natureza e do período geológico que aguçaram sua curiosidade ao máximo e o deixaram ávido por perfurar mais fundo e realizar mais explosões na formação ocidental à qual os fragmentos exumados evidentemente pertenciam. Ele estava estranhamente convencido de que as marcas eram as impressões de algum organismo bulboso, desconhecido e radicalmente inclassificável, de considerável avanço evolutivo, não obstante a vasta antiguidade da rocha em que estava enterrado — cambriana, se não pré-cambriana —, o que tornaria impossível a existência de qualquer vida altamente evoluída, bem como de qualquer vida acima dos estágios unicelulares ou, no máximo, trilobitas. Esses fragmentos, com suas estranhas marcas, deviam ter entre quinhentos milhões ou um bilhão de anos.

II

O imaginário popular, julgo eu, respondeu ativamente aos nossos boletins via rádio relatando a partida de Lake para o noroeste, em direção a regiões nunca antes tocadas por pés humanos ou mesmo penetradas por nossa imaginação; ainda que não tenhamos mencionado suas loucas esperanças de revolucionar por completo as ciências da biologia e da geologia. Sua primeira viagem de trenó e sua perfuração preliminar, realizadas entre 11 e 18 de janeiro com Pabodie e outros cinco — dificultadas pela perda de dois cães em um incidente enquanto cruzavam uma das cumeeiras de gelo —, revelaram mais e mais da arqueana ardósia; e mesmo eu estava interessado na profusão singular das evidentes marcas fósseis daquele estrato incrivelmente antigo. Tais marcas, contudo, eram de formas de vida muito primitivas, que não envolviam grandes paradoxos, exceto pelo fato de que nenhuma forma de vida deveria ocorrer em rochas pré-cambrianas, como essas definitivamente eram; assim, eu ainda era incapaz de enxergar bom senso na demanda de Lake por um intervalo em nosso cronograma já apertado — um intervalo que exigiria o uso de nossos quatro aviões, muitos homens e de todo o aparato mecânico da expedição. Não vetei o plano no fim das contas; mas decidi não acompanhar o grupo do noroeste, embora Lake solicitasse meu aconselhamento geológico. Enquanto eles partiam, eu permaneceria na base com Pabodie e outros cinco homens e trabalharíamos na finalização dos planos destinados à porção leste. Durante os preparativos para a transferência,

um dos aviões iniciara o transporte de um bom suprimento de gasolina para o estreito de McMurdo; mas isso, por enquanto, poderia esperar. Mantive comigo um trenó e nove cães, já que seria pouco inteligente ficar, mesmo que temporariamente, sem transporte disponível em um mundo totalmente desabitado, onde apenas a morte persiste através da passagem dos éons.

A subexpedição de Lake ao desconhecido, como todos poderão lembrar, nos enviava seus próprios informes através dos transmissores de ondas curtas dos aviões; estas, por sua vez, eram captadas simultaneamente por nossos aparelhos de comunicação na base sul e pelo *Arkham*, no estreito de McMurdo, de onde eram enviadas para o resto do mundo por longas ondas de mais de cinquenta metros. A partida se deu no dia 22 de janeiro às quatro horas da madrugada; e a primeira mensagem de rádio foi recebida somente duas horas depois, quando Lake relatou sua descida e o início de uma perfuração e derretimento de gelo em pequena escala num ponto a mais de quinhentos quilômetros de distância. Seis horas depois, recebemos uma mensagem eufórica nos informando a respeito do trabalho de escavação frenético que permitiu a abertura de um poço raso posteriormente dinamitado, culminando na descoberta de fragmentos de ardósia com várias marcas semelhantes àquelas que despertaram nossa curiosidade.

Três horas depois, um breve boletim anunciou a retomada do voo nos dentes de um vendaval rude e lancinante; e quando enviei uma mensagem aconselhando que evitassem riscos futuros, Lake

respondeu rispidamente que seus novos espécimes faziam qualquer risco valer a pena. Percebi então que sua excitação atingira o ponto do motim e que eu não poderia fazer nada para impedir que essa intemperança colocasse em risco toda a expedição; mas era apavorante imaginá-lo penetrando cada vez mais fundo naquela traiçoeira e sinistra imensidão branca de tempestades e insondáveis mistérios que se estendia por mais de dois mil quilômetros até a pouco conhecida costa litorânea da Terra da Rainha Mary e das Terras de Knox.

Então, cerca de uma hora e meia depois, recebemos aquela mensagem duplamente eufórica do avião de Lake em pleno voo, que quase subverteu meus sentimentos e me fez desejar ter acompanhado a expedição:

22h05. Em voo. Após a nevasca, vislumbrei uma cordilheira à frente, mais alta que qualquer uma já vista antes. Pode ser idêntica ao Himalaia, considerando a altura do platô. Latitude provável 76°15′ e longitude 113°10′ leste. Alcança tanto a esquerda quanto a direita até onde posso ver. Suspeita de dois vulcões. Todos os picos são negros e carregados de neve. Os ventos que sopram deles impedem a navegação.

Depois disso, Pabodie, os homens e eu nos dependuramos sem fôlego no receptor. Pensar naquele titânico baluarte montanhoso a mais de mil quilômetros de distância inflamou nosso mais profundo senso de aventura; e comemoramos nossa expedição, ainda que não fôssemos, pessoalmente, seus descobridores. Em meia hora, Lake nos chamou novamente.

O avião de Moulton fez um pouso forçado no sopé do platô, mas ninguém se feriu e talvez seja possível reparar a máquina. Devemos transferir o que for essencial para os outros três aviões para nossa volta ou futuras ações, caso sejam necessárias, mas não precisamos de nenhuma viagem pesada de avião por enquanto. As montanhas ultrapassam qualquer coisa imaginável. Farei um voo de reconhecimento no avião de Carroll, que está descarregado.

Vocês não podem imaginar nada igual. Os picos mais altos devem ultrapassar os dez mil metros. O Everest está fora do páreo. Atwood está trabalhando nas dimensões dos teodolitos enquanto Carroll e eu subimos. Houve um provável equívoco em relação aos cumes, pois as formações parecem estratificadas. Possível ardósia pré-cambriana misturada a outro tipo de estrato. Estranhos efeitos na linha do horizonte — seções regulares de cubos junto aos picos mais altos. A coisa toda é maravilhosa sob a luz vermelho-dourada do pôr do sol. Como uma terra de mistérios num sonho ou uma rota de fuga para um mundo proibido de maravilhas inexploradas. Gostaria que estivessem aqui para estudar isso.

Apesar de tecnicamente ser hora de dormir, nenhum de nós que ouvíamos a mensagem pensamos em nos retirar. Provavelmente ocorrera o mesmo no estreito de McMurdo, onde o depósito de suprimentos e o *Arkham* também recebiam as mensagens; o capitão Douglas entrou em contato parabenizando a todos pela importante descoberta, e Sherman, o operador do depósito, fez coro aos seus sentimentos. Lamentamos, é claro, o avião danificado; mas acreditávamos que ele poderia ser facilmente reparado. Então, às onze da noite, recebemos outra chamada de Lake.

Carroll e eu estamos escalando as encostas mais altas. Não ouso tentar os picos realmente altos nas condições atuais de tempo, mais tarde talvez. Escalar é um trabalho terrível, muito difícil nessas altitudes, mas vale a pena. A cordilheira grande é bem sólida, assim não temos nenhum vislumbre do que possa existir além. Os cumes principais superam o Himalaia e são muito estranhos. A cordilheira parece ser de ardósia pré-cambriana, com sinais rasos de muitos outros estratos sublevados. Eu estava errado sobre o vulcanismo. Estende-se mais longe, em qualquer direção visível. A neve dá uma trégua em torno dos seis quilômetros.

Estranhas formações nas encostas das montanhas mais altas. Grandes blocos quadrados e baixos com laterais perfeitamente verticais, e linhas retangulares de baixos parapeitos verticais, como antigos castelos asiáticos junto às montanhas íngremes nas pinturas de Rerikh. São impressionantes à distância. Voamos bem perto de algumas, e Carroll pensou que eram formadas de pedaços menores separados, mas provavelmente foi uma impressão causada pelo tempo ruim. Muitas bordas são desbarrancadas e arredondadas, aparentemente expostas à tempestades e mudanças climáticas por milhões de anos.

Algumas partes, especialmente as superiores, parecem ser formadas por uma rocha de coloração mais leve que os demais estratos visíveis das encostas, o que indica uma evidente origem cristalina. Voos rasantes revelaram muitas bocas de cavernas, algumas estranhamente irregulares em seu desenho, quadradas ou semicirculares. Vocês deveriam vir e investigar. Acredito ter visto um parapeito quadrangular no topo de um pico. A altura aparenta algo em torno dos nove ou dez mil metros. Estou a quase sete mil metros, em um frio diabolicamente corrosivo. O vento sopra e assovia através de passagens, entrando e saindo das cavernas, mas, até agora, voar não apresenta nenhum risco.

A partir daí, e por cerca de meia hora, Lake continuou disparando uma salva de comentários, expressando sua intenção de escalar alguns dos picos a pé. Respondi que me juntaria a ele tão logo pudesse enviar um avião para me buscar, e que Pabodie e eu traçaríamos o melhor plano para o uso da gasolina — onde e como concentrar nosso suprimento, tendo em vista as mudanças no caráter de nossa expedição. Obviamente, as operações de escavação de Lake, assim como suas atividades aeronáuticas, demandariam que uma grande quantidade de combustível fosse levada para a nova base que ele pretendia estabelecer no sopé das montanhas; e era bem possível que o voo para o leste não fosse feito ainda nesta estação. Assim, entrei em contato com o capitão Douglas e pedi que retirasse o máximo possível de carga dos navios para levá-la até a barreira com o único time de cães que deixamos por lá. Era necessário estabelecer uma rota direta através da região desconhecida entre Lake e o estreito de McMurdo.

Mais tarde, Lake me chamou pelo rádio para dizer que decidira manter o acampamento no local em que o avião de Moulton fora forçado a aterrissar, e onde os reparos já começavam a progredir de qualquer forma. A camada de gelo era muito fina, o chão escuro estava visível lá e cá, e ele iria perfurar e dinamitar nesse mesmo local antes de realizar qualquer viagem de trenó ou expedições de escalada. Falou sobre a majestade inefável de toda a cena e a respeito do estado estranho de suas sensações quando esteve no sota-vento dos vastos pináculos silenciosos cujas fileiras disparavam para cima como uma muralha atingindo o céu na orla do mundo. As observações de Atwood sobre o teodolito estabeleceram a altura dos cinco picos mais altos entre os nove e onze quilômetros. A natureza varrida pelo vento do terreno claramente incomodava Lake, pois ele argumentava sobre a existência ocasional de prodigiosos vendavais mais violentos do que qualquer coisa que tenhamos encontrado até agora. Seu acampamento ficava a pouco mais de oito quilômetros do ponto em que a base mais alta da montanha se erguia abruptamente. Eu quase podia perceber uma nota de alarme inconsciente em suas palavras — brilhando através de um vazio glacial de mais de mil quilômetros — enquanto ele clamava para que nos apressássemos com o assunto e abandonássemos a nova região o mais cedo possível. Ele iria descansar agora, após um dia de trabalho contínuo, de velocidade quase sem precedentes, árduo, mas que apresentou resultados.

Pela manhã tive, via rádio, uma conversa a três com Lake e o capitão Douglas em suas bases extremamente distantes; e ficou acordado que um dos aviões de Lake viria buscar Pabodie, cinco homens e a mim, bem como todo o combustível que pudesse carregar. As demais questões em relação ao combustível, a depender de nossa decisão sobre uma viagem para o leste, poderiam esperar alguns dias, já que Lake tinha o suficiente para o aquecimento imediato do acampamento e para escavações. Finalmente, a antiga base ao sul deveria ser reabastecida; mas, caso adiássemos a viagem oriental, não a usaríamos até o próximo verão, e enquanto isso Lake teria que enviar um avião para explorar a rota direta entre suas novas montanhas e o estreito de McMurdo.

Pabodie e eu fizemos os preparativos para o fechamento de nossa base por um período mais ou menos longo, conforme o caso. Se invernássemos na Antártida, provavelmente voaríamos direto da base de Lake para o *Arkham* sem retornar a esse ponto. Algumas de nossas tendas cônicas já estavam reforçadas por blocos de neve dura, e agora decidimos completar o serviço montando uma vila esquimó permanente. Com um suprimento bem generoso de barracas, Lake tinha consigo tudo de que sua base precisaria mesmo após nossa chegada. Enviei um comunicado de que Pabodie e eu estaríamos prontos para viajar em direção ao norte após mais um dia de trabalho e uma noite de descanso.

Nossos trabalhos, contudo, não foram muito constantes após as quatro da tarde; perto dessa hora, Lake começou a enviar as mensagens mais extraordinárias e eufóricas. Seu dia de trabalho começara de forma pouco afortunada; já que um sobrevoo das superfícies de rocha semiexpostas revelara uma completa ausência daqueles estratos arqueanos e primordiais que ele buscava e formavam uma grande parte dos picos colossais que assomavam a uma distância tentadora do acampamento. A maioria das rochas encontradas eram, aparentemente, arenitos jurássicos e comancheanos e xistos permianos e triássicos, com afloramentos negros e lustrosos que sugeriam, vez ou outra, um carvão duro e ardosiano. Isso muito desencorajou Lake, cujos planos se destinavam todos a desenterrar espécimes com mais de quinhentos milhões de anos. Ficou claro para ele que, para recuperar o veio de ardósia arqueana no qual as estranhas marcas foram encontradas, seria necessário fazer uma longa viagem de trenó partindo desses sopés até as íngremes encostas das próprias montanhas gigantes.

No entanto, ele decidiu realizar alguma escavação no local como parte do cronograma geral da expedição; assim, preparou a perfuratriz e colocou cinco homens para operá-la enquanto os demais terminavam de montar o acampamento e se ocupavam em reparar a aeronave danificada. A rocha mais macia à vista — um arenito a cerca de quatrocentos metros do acampamento — foi escolhida como primeira amostra; e a perfuratriz fez um progresso excelente, dispensando sucessivas explosões. Depois de quase três horas de perfuração, que sucederam a primeira explosão realmente pesada da operação, ouviram-se os gritos da equipe que manejava a perfuratriz; e então o jovem Gedney — o encarregado da execução — adentrou correndo o acampamento com as espantosas notícias.

Eles haviam atingido uma caverna. Mais cedo a escavação no arenito dera lugar a um veio de calcário comancheano repleto de diminutos fósseis cefalópodes, corais, equinoides e espiríferos, além de sugestões ocasionais de esponjas silicosas e ossos de vertebrados marinhos — estes, provavelmente, oriundos de teleósteos, tubarões e ganoides. Isso já era importante por si só, pois garantia os primeiros fósseis vertebrados da expedição; mas logo depois que a ponta da broca atravessou um estrato aparentemente vazio, uma onda completamente nova e duplamente intensa de excitação correu entre os escavadores. Uma explosão de bom tamanho revelou o segredo subterrâneo; e agora, através de uma abertura entalhada de talvez um metro e meio de largura e quase um de espessura, surgiu, diante dos ávidos pesquisadores, uma seção de calcário raso, oco por causa das águas subterrâneas que corriam há cinco milhões de anos num mundo tropical já extinto.

A camada oca não possuía mais de dois ou três metros de profundidade, mas se estendia indefinidamente em todas as direções e apresentava um ar fresco que se movia levemente, o que sugeria a participação da camada em um extenso sistema subterrâneo. Seu teto e piso eram abundantemente equipados com grandes estalactites e estalagmites, algumas delas em forma de coluna; mas o mais importante de tudo era o vasto depósito de conchas e ossos que em alguns lugares quase obstruíam a passagem. Arrastada de selvas desconhecidas formadas por fungos e samambaias mesozoicas, florestas de cicadófitas do Terciário, palmeiras e angiospermas primitivas, essa mistura óssea continha ainda representantes dos períodos Cretáceo e Eoceno, além de outras espécies animais que nem mesmo o maior dos paleontólogos poderia contar ou classificar em um ano. Moluscos, carapaças de crustáceos, peixes, anfíbios, répteis, pássaros e mamíferos primitivos — grandes e pequenos, conhecidos e desconhecidos. Não admira Gedney ter corrido aos berros para o acampamento, e também não espanta que todos os demais tenham largado o trabalho e se apressado impetuosamente através do frio cortante até o local em que a grua alta indicava um portal recém-descoberto para os segredos de uma terra oculta e éons esvaecidos.

Assim que satisfez a sua primeira ponta de curiosidade, Lake rabiscou uma mensagem em seu bloco de notas e pediu que o jovem Moulton corresse de volta ao acampamento para despachá-la via rádio. Essa foi a primeira mensagem sobre a descoberta, cujo conteúdo relatou a identificação de conchas primevas, ossos de ganoides e placodermos, restos mortais de labirintodontes e tecodontes, grandes fragmentos de crânios de mosossauros, vértebras de dinossauros e escamas, dentes e ossos de asas de pterodáctilos, detritos de arqueoptérixes, dentes de tubarões do Mioceno, crânios de pássaros primitivos, além de crânios, vértebras e outros ossos de mamíferos arcaicos tais como paleotérios, xifodontes, dinoceratos, hiracotérios, oreodontes e brontotérios. Não havia nada recente como mastodontes, elefantes, camelos, cervos ou algum animal bovino; então, Lake concluiu que o último depósito ocorrera durante o período Oligoceno, e que a camada oca permanecera em seu estado atual de aridez, morte e inacessibilidade por, no mínimo, trinta milhões de anos.

Por outro lado, a prevalência de cada forma de vida primitiva era singular no mais alto grau. Ainda que a formação calcária fosse positiva e indubitavelmente comancheana e não anterior a esse período, conforme evidenciavam os típicos fósseis entranhados como *ventriculites*, os fragmentos livres no espaço oco incluíam uma proporção surpreendente de organismos ordinariamente considerados peculiares a outros períodos bem mais antigos — inclusive peixes rudimentares, moluscos e corais tão remotos quanto os períodos Siluriano ou Ordoviciano. A conclusão inevitável era de que nessa parte do mundo houvera um grau único e notável de continuidade entre a vida de trezentos milhões de anos atrás e a vida de apenas trinta milhões de anos atrás. Quão longe essa continuidade se estendeu além do período Oligoceno, quando a caverna foi fechada, estava, obviamente, além de qualquer especulação. De qualquer forma, a chegada do gelo assustador no período Plistoceno, há cerca de quinhentos mil — um simples "ontem" se comparado com a idade dessa cavidade —, deve ter posto um fim a qualquer forma primal que tenha conseguido sobreviver no local.

Lake, não satisfeito com a primeira mensagem enviada, escrevera e despachara outro boletim para o acampamento antes que Moulton pudesse voltar. Depois disso, Moulton permaneceu no comunicador de um dos aviões, transmitindo para mim — e para o *Arkham* para que retransmitisse ao mundo exterior — os frequentes pós-escritos que Lake enviava por uma sucessão de mensageiros. Aqueles que acompanharam os jornais se lembrarão da excitação que tivera lugar entre os homens da ciência diante dos informes da tarde — informes que conduziram, enfim, após todos esses anos, à organização dessa mesma expedição Starkweather-Moore, que eu tento, com tanta ânsia, desvincular de seus propósitos. Creio que seja melhor fornecer as mensagens literalmente, tal e qual Lake as enviara, enquanto McTighe, nosso operador de base, as transcrevia em sua letra cursiva.

Fowler realizou descobertas da mais alta importância em fragmentos de arenito e calcário após as detonações. Várias marcas triangulares e estriadas distintas, tais como aquelas encontradas na ardósia arqueana, provaram que a fonte sobrevivera de mais de seiscentos milhões de anos atrás até os tempos comancheanos sem sofrer nada além de moderadas alterações morfológicas ou redução de seu tamanho comum. Se tanto, as marcas comancheanas parecem mais primitivas do que aquelas mais antigas. Enfatize a importância da descoberta na imprensa. Representará para a biologia o que Einstein representa para a matemática e a física. Alinha-se com meu trabalho anterior e amplifica suas conclusões. Parece indicar, como suspeitei, que a Terra presenciara um ou mais ciclos completos de vida orgânica antes daquele conhecido, que tivera início com as células arqueozoicas. Evoluiu e se especializou há não menos que um bilhão de anos, quando o planeta era jovem e recentemente habitado por qualquer forma de vida ou estrutura protoplasmática normal. Pergunta-se quando, onde e como tal desenvolvimento ocorreu.

***

Mais tarde. Examinando certos fragmentos de esqueletos de grandes sáurios terrestres e marinhos e de alguns mamíferos primitivos, descobri singulares feridas locais ou fraturas que não podem ser atribuídas a nenhum predador ou animal carnívoro conhecido de qualquer período. Eram de dois tipos — perfurações diretas e penetrantes, e incisões aparentemente entrecortadas. Um ou dois casos de ossos decepados de forma limpa. Poucos espécimes afetados. Solicitando ao acampamento lanternas elétricas. Cortando algumas estalactites, estenderemos a área de busca subterrânea.

Mais tarde ainda. Encontrei um peculiar fragmento de pedra-sabão com cerca de quinze centímetros de comprimento e dois e meio de espessura, completamente diferente de qualquer outra formação visível. Esverdeado, mas sem evidências que determinem seu período. Possui uma suavidade e regularidade curiosas. Tem o formato de uma estrela de cinco pontas com as extremidades quebradas, e sinais de outras clivagens nos ângulos internos e no centro da superfície. Pequena e suave depressão ao centro da superfície intacta. Desperta muita curiosidade a respeito de origem e resistência às intempéries. Provavelmente alguma bizarra ação aquática. Carroll, com uma lupa, acredita poder apontar marcas adicionais de importância geológica. Grupos de pequenos pontos em padrões regulares. Cães rosnando inquietos enquanto trabalhamos, parecendo odiar a pedra-sabão. Preciso ver se possui algum odor peculiar. Reportaremos novamente quando Mills voltar com a luz e iniciarmos a exploração da área subterrânea.

***

22h15. Uma descoberta importante. Orrendorf e Watkins, trabalhando sob a terra às 9h45 debaixo de uma luz artificial, encontraram monstruosos fósseis em formato de barril de natureza inteiramente desconhecida; provavelmente vegetais, a menos que seja um espécime supercrescido de radiário marinho ainda desconhecido. Tecidos preservados, evidentemente, pelos sais minerais. Resistente como couro, mas apresenta uma flexibilidade impressionante em certos lugares. Marcas de partes quebradas nas pontas e nas laterais. Quase dois metros de altura de ponta a ponta, pouco mais de um metro de diâmetro central, afunilando até trinta centímetros em cada extremidade. Como um barril com cinco cumes protuberantes em vez de aduelas. Rupturas laterais, como de minúsculos talos, estão presentes no meio dessas protuberâncias, tal qual uma linha do Equador. Nos sulcos entre as protuberâncias, encontram-se umas formações curiosas. Cristas ou asas que abrem e fecham como leques. Todas seriamente danificadas, exceto uma, que possui pouco mais de dois metros de envergadura de asa. O arranjo remete a certos monstros oriundos dos mitos primitivos,

especialmente as Coisas Ancestrais fabuladas no *Necronomicon*. Tais asas parecem ser membranosas, esticadas sobre uma moldura de tubos glandulares. Diminutos orifícios aparentes na forma de tubos nas pontas das asas. As enrugadas extremidades do corpo não deixam pistas sobre o interior ou sobre o que existia ali e foi quebrado. Preciso dissecar quando retornarmos ao acampamento. Não consigo decidir se é vegetal ou animal. Várias características evidenciam um primitivismo quase inacreditável. Enviei todos os trabalhadores para cortar estalactites e procurar por outros espécimes. Outros ossos cicatrizados foram encontrados, mas terão que esperar. Problemas com os cães. Eles não suportam o novo espécime e provavelmente o despedaçariam caso não o mantivéssemos distante deles.

***

23h30. Atenção, Dyer, Pabodie, Douglas. Questão da mais alta — devo dizer transcendente — importância. *Arkham* deve retransmitir para a estação principal em Kingsport imediatamente. A estranha constituição em formato de barril foi a coisa arqueana que deixara marcas nas rochas. Mills, Boudreau e Fowler descobriram um grupo com mais treze em algum ponto subterrâneo a pouco mais de doze metros da entrada. Misturadas a fragmentos de pedra-sabão, curiosamente arredondados e estranhamente formados, menores que os encontrados anteriormente — forma de estrela, mas sem marcas de clivagem, a não ser em alguns pontos.

***

Dos espécimes orgânicos, oito estão aparentemente perfeitos, com todos os apêndices. Trouxemos todos para a superfície, mantendo os cães à distância. Eles não suportam as coisas. Dê atenção especial à descrição e tratem de repeti-la para garantir a exatidão. Os jornais devem receber as informações corretas.

***

Os objetos possuem quase três metros de altura de ponta a ponta. Torso em forma de barril com cinco protuberâncias cujo diâmetro central é de um metro, apresentando extremidades de trinta centímetros. Cinza-escuro, flexível e infinitamente resistente. Asas membranosas de sete pés da mesma cor, encontradas recolhidas, estendem-se por sulcos entre as protuberâncias. A moldura da asa é tubular ou glandular, de um cinza mais claro, com orifícios nas pontas das asas. As asas abertas possuem extremidades serrilhadas. Próximo ao equador, em um vértice central a cada uma das cinco protuberâncias verticais em forma de aduela, há cinco sistemas de braços cinza-claros ou tentáculos presos fortemente ao torso, mas esses são expansíveis a um comprimento de pouco mais de um metro. São como braços de crinoides primitivos. Talos individuais de oito centímetros de diâmetro cada se ramificam, após quinze centímetros, em cinco subtalos, que, depois de vinte centímetros, também se ramificam em outros cinco tentáculos ou gavinhas afuniladas e menores, conferindo a cada talo um total de vinte e cinco tentáculos.

***

No topo do torso um pescoço bulboso e reto, de tonalidade cinza-clara e sugerindo algo como guelras, sustenta uma aparente cabeça no formato de estrela-do-mar de cinco pontas, amarelada, com cílios rígidos de quase oito centímetros e várias cores prismáticas.

***

A cabeça é grossa e inchada, com quase um metro de ponta a ponta e tubos flexíveis amarelados de oito centímetros projetando-se em cada um dos pontos. Uma fenda exatamente no centro do topo, provavelmente a abertura para a respiração. Ao fim de cada um dos tubos há uma expansão esférica onde a membrana amarelada se recolhe para revelar um globo vítreo, com uma íris avermelhada, evidentemente um olho.

***

Cinco tubos ligeiramente mais longos partem dos ângulos internos da cabeça em forma de estrela-do-mar e terminam em protuberâncias da mesma cor que, uma vez pressionadas, abrem orifícios campaniformes de no máximo cinco centímetros de diâmetro, repletos de projeções brancas e afiadas como dentes. Provavelmente são as bocas. Todos esses tubos, cílios e pontas de cabeça de estrela-do-mar foram encontrados bem presos no fundo; tubos e pontas presos ao pescoço bulboso e ao torso. A flexibilidade surpreende a despeito da tremenda resistência.

***

Na base do torso havia rudes — embora um tanto diferentes — contrapartes funcionais do arranjo da cabeça. Um pseudopescoço bulboso cinza-claro, sem sugestões de guelras, mantinha um arranjo esverdeado de estrela-do-mar de cinco pontas. Os braços, duros e musculares, têm pouco mais de um metro de comprimento e se afunilam de quase dezoito centímetros de diâmetro na base a cerca de seis e meio nas pontas. A cada ponta está atrelado um pequeno triângulo membranoso de pouco mais de vinte centímetros de comprimento e quinze de largura em sua extremidade, com cinco veias esverdeadas. Essa é a nadadeira, barbatana, ou pseudópode que fez marcas em rochas de um bilhão a cinquenta ou sessenta milhões de anos. Dos ângulos internos da estrutura de estrela-do-mar, dois tubos avermelhados de pouco menos de um metro de comprimento se projetam, afunilando-se de quase oito centímetros de diâmetro na base para dois e meio na ponta. Orifícios nas pontas. Todas essas partes são infinitamente duras e coriáceas,

mas extremamente flexíveis. Braços de um metro e vinte de comprimento com nadadeiras indiscutivelmente usadas para a locomoção de algum tipo, marinha ou de natureza diversa. Quando movidas, sugerem uma musculatura exagerada. Todas essas projeções estavam fortemente recolhidas sob o pseudopescoço na extremidade do torso quando foram encontradas, correspondendo às projeções da outra extremidade do corpo.

***

Ainda não posso atribuir positivamente ao reino vegetal ou animal, mas tudo tende agora em favor do animal. Representa, provavelmente, uma evolução incrivelmente avançada dos radiários, sem perder certas características primitivas. Semelhanças com os equinodermos são inconfundíveis, apesar de evidentes contradições pontuais.

***

A estrutura da asa é intrigante em vista do provável habitat marinho, mas poderia ser utilizada em navegação aquática. A simetria é curiosamente parecida com a dos vegetais, sugerindo a estrutura vertical essencialmente vegetal em vez de uma estrutura horizontal como a dos animais. A data evolutiva é fabulosamente antiga, precedendo mesmo o mais simples dos protozoários arqueanos comumente conhecidos, o que impede quaisquer conjecturas a respeito de sua origem.

**

Os espécimes completos possuem tal incrível semelhança com certas criaturas do mito primitivo que sugerir sua antiga existência fora da Antártida se torna inevitável. Dyer e Pabodie leram o *Necronomicon* e viram os pesadelos pintados de Clark Ashton Smith baseados naquele texto, portanto entenderão quando eu digo que as Coisas Ancestrais supostamente criaram toda a vida na Terra como uma piada ou equívoco. Estudiosos sempre pensaram que essa concepção se formara a partir de um mórbido tratamento imaginativo de radiários tropicais muito antigos. Tais como os elementos do folclore pré-histórico de que falara Wilmarth — ramificações dos cultos de Cthulhu etc.

**

Um vasto campo de estudos foi aberto. Depósitos provavelmente datados do fim do período Cretáceo ou do início do Eoceno, a julgar pelos espécimes associados. Estalagmites massivas depositadas sobre eles. Trabalho árduo em sua remoção, mas sua resistência evitou danos. O estado de preservação é miraculoso, devido, evidentemente, à ação do calcário. Nada mais encontrado até o momento, mas as buscas serão retomadas mais tarde. Nos ocuparemos agora com o transporte de catorze espécimes de tamanho grande para o acampamento sem a ajuda dos cães, que latem furiosos, de maneira que não podemos confiar em aproximá-los dos espécimes.

**

Com nove homens — três ficaram para vigiar os cães — devemos operar os três trenós razoavelmente bem, embora o vento esteja ruim. Devemos estabelecer a comunicação do avião com o estreito de McMurdo e começar a embarcar o material. Mas eu preciso dissecar uma dessas coisas antes de podermos descansar um pouco. Gostaria de ter um laboratório de verdade aqui. É melhor que Dyer esteja se martirizando por ter tentado impedir minha viagem para o oeste. Primeiro, as maiores montanhas do mundo, e agora isso. Se esse não for o ponto alto da expedição, eu não sei o que é. Cientificamente, estamos feitos. Parabéns, Pabodie, pela perfuratriz que abriu a caverna. Agora, *Arkham*, retransmita a descrição, por favor.

**

As sensações, minhas e de Pabodie, ao receber esse relato, foram quase indescritíveis, e nossos companheiros não ficaram muito atrás no entusiasmo. McTighe, que apressadamente traduziu alguns pontos altos assim que chegavam do receptor zumbindo, transcreveu a mensagem completa a partir da versão taquigrafada tão logo o operador de Lake saiu de sintonia. Todos apreciaram o significado histórico da descoberta, e eu enviei congratulações a Lake assim que o operador do *Arkham* repetiu as partes descritivas conforme requerido. Meu exemplo foi seguido por Sherman e sua estação na base suplente no estreito de McMurdo, bem como pelo capitão Douglas a bordo do *Arkham*. Mais tarde, como líder da expedição, adicionei algumas considerações que seriam retransmitidas pelo *Arkham* para o mundo exterior. Obviamente, descansar era uma ideia absurda em meio a tanta euforia, e minha única vontade era chegar ao acampamento de Lake tão rápido quanto pudesse. Fiquei desapontado quando ele me enviou uma mensagem informando que uma ventania na montanha tornou qualquer viagem aérea mais imediata impossível.

Mas dentro de uma hora e meia o interesse se renovou e baniu o desapontamento. Lake estava enviando novos informes, relatando o completo sucesso do transporte dos catorze grandes espécimes até o acampamento. Foi um trabalho árduo, já que as coisas eram surpreendentemente pesadas, mas nove homens puderam realizá-lo bem. Agora, alguns membros do grupo estão construindo apressadamente um canil de neve a uma distância segura do acampamento, para onde os cães poderão ser levados e alimentados de maneira mais conveniente. Os espécimes foram depostos na neve dura próxima ao acampamento, menos um, no qual Lake está fazendo rústicas tentativas de dissecação.

Tal dissecação pareceu ser uma tarefa maior do que se esperava, já que, a despeito do calor de um fogareiro à gasolina na tenda de laboratório recém-erguida, os tecidos enganosamente flexíveis do espécime escolhido — poderoso e intacto — nada

perderam de sua não menos que coriácea dureza. Lake não sabia muito bem como poderia fazer as incisões necessárias sem usar de uma violência destrutiva que arruinaria todas as sutilezas estruturais que ele buscava. É verdade que ele possuía mais sete espécimes perfeitos, mas eram muito poucos para que fossem usados imprudentemente, a menos que mais tarde a caverna revelasse um suprimento ilimitado. Assim, removeu o espécime e escolheu outro que, apesar de possuir resquícios dos arranjos na forma de estrela-do-mar em ambas as extremidades, foi seriamente esmagado e parcialmente avariado ao longo de um dos grandes sulcos do torso.

Os resultados, rapidamente reportados via rádio, eram realmente espantosos e provocativos. Nenhum tipo de exatidão ou delicadeza era possível com instrumentos dificilmente capazes de cortar aquele tecido anômalo, mas o pouco que se conseguiu deixou a todos maravilhados e atônitos. Toda a biologia existente precisaria ser revista, pois essas coisas não eram produtos de nenhum crescimento celular conhecido pela ciência. Deve ter havido, se muito, uma fossilização, e apesar da idade de talvez quarenta milhões de anos, os órgãos internos estavam completamente intactos. A qualidade coriácea, não deteriorante e praticamente indestrutível, era um atributo inerente da forma de organização da Coisa, que pertencia a um ciclo paleógeno de uma evolução invertebrada que estava muito além de nossos poderes especulativos. Inicialmente, tudo o que Lake encontrara estava seco, mas à medida que a barraca aquecida produzia um efeito descongelante, uma umidade orgânica de odor pungente e ofensivo foi encontrada entre as laterais incólumes da Coisa. Não era sangue, mas um fluido grosso, verde-escuro, que aparentemente deveria servir aos mesmos propósitos. No momento em que Lake chegou a esse estágio, todos os trinta e sete cães já haviam sido levados para o canil ainda incompleto, próximo ao acampamento, e mesmo à distância iniciaram um latir selvagem quando sentiram aquele cheiro acre e penetrante.

Longe de auxiliar a classificar a estranha entidade, essa dissecação provisória meramente aprofundou seu mistério. Todos os palpites sobre seus membros externos estavam corretos e, diante de tais evidências, dificilmente se hesitaria em chamar a Coisa de animal; contudo, a inspeção interna revelara tantos indícios vegetais que Lake ficou à deriva. Ela possuía digestão e circulação, e os detritos eram eliminados pelos tubos avermelhados em sua base em forma de estrela-do-mar. A princípio se diria que seu aparelho respiratório processava oxigênio em vez de dióxido de carbono, e havia estranhas evidências de câmaras de armazenamento de ar e métodos de transferir a respiração do orifício externo para, pelo menos, outros dois sistemas respiratórios totalmente desenvolvidos — guelras e poros. Claramente era anfíbia e é provável que fosse igualmente adaptada a longos períodos de hibernação anaeróbica. Órgãos vocais pareciam presentes em conexão com o sistema respiratório principal, mas apresentavam anomalias que não poderiam ser solucionadas imediatamente. Fala articulada, no sentido de elocução silábica, parecia dificilmente concebível, mas notas musicais assoviadas, recobrindo um amplo espectro, eram altamente prováveis. O desenvolvimento do sistema muscular beirava o sobrenatural.

O sistema nervoso era tão complexo e altamente desenvolvido que deixou Lake pasmo. Ainda que excessivamente primitivo e arcaico em alguns aspectos, a coisa possuía um conjunto de centros nodulares e conectivos que apontava um desenvolvimento especializado deveras extremo. Seus cinco lobos cerebrais eram surpreendentemente avançados; e havia sinais de um equipamento sensorial, parcialmente servido pelos rígidos cílios

da cabeça, o que envolvia fatores estranhos a qualquer outro organismo terrestre. Provavelmente ela possuía mais de cinco sentidos, de forma que seus hábitos não poderiam ser preditos por meio da analogia com algo já existente. Segundo Lake, a criatura teria apresentado uma alta sensibilidade e funções delicadamente diferenciadas em seu mundo primitivo, tal como as formigas e abelhas de hoje. Reproduzia-se como os criptógamos vegetais, especialmente os pteridófitos, possuindo esporângios nas extremidades das asas, desenvolvidos, evidentemente, a partir de um talo ou protalo.

Mas nomeá-la nesse estágio era simples idiotia. Parecia um radiário, mas claramente era algo mais. Era parcialmente vegetal, ainda que apresentasse três quartos das estruturas animais essenciais. Possuía origem marinha, como seus contornos simétricos e outros atributos claramente indicavam, embora não fosse possível delimitar suas adaptações tardias. As asas, no final das contas, continham uma persistente sugestão de ambientes aéreos. Como a coisa pudera alcançar uma evolução tão tremendamente complexa em uma terra recém-nascida a tempo de deixar marcas em rochas arqueanas estava tão além de qualquer concepção que Lake foi obrigado a recorrer aos mitos primais acerca dos Grandes Antigos que vieram das estrelas e criaram a vida terrena como uma piada ou equívoco; e também aos contos loucos de coisas cósmicas oriundas do espaço exterior contados por um colega folclorista do departamento de inglês da Miskatonic.

Naturalmente, Lake considerara a possibilidade de que as marcas pré-cambrianas tenham sido feitas por um ancestral menos desenvolvido dos espécimes presentes, mas rapidamente

rejeitou essa teoria fácil demais após considerar as qualidades estruturais avançadas dos fósseis mais antigos. Os contornos mais tardios demonstravam decadência, e não uma evolução. O tamanho dos pseudópodes havia diminuído, e a morfologia inteira parecia rústica e simplificada. Mais que isso, os nervos e órgãos examinados traziam singulares sugestões de retrocesso a partir de formas ainda mais complexas. Partes atrofiadas e vestigiais eram surpreendentemente prevalentes. Tudo posto, pouco ficou esclarecido, e Lake recorreu à mitologia para estabelecer um nome provisório — designando jocosamente suas descobertas como "os Antigos".

Por volta das 2h30 da madrugada, tendo decidido adiar trabalhos futuros e descansar um pouco, Lake cobriu o organismo dissecado com uma lona, deixou a tenda do laboratório e estudou os espécimes intactos com renovado interesse. O incessante sol antártico tinha começado a amaciar um pouco seus tecidos, de forma que as pontas das cabeças e os tubos de dois ou três davam sinais de que se abririam, mas Lake não acreditava em nenhum perigo de decomposição imediata naquele ambiente tão gélido. Contudo, ele reuniu os espécimes não dissecados e lançou uma lona sobressalente sobre eles com o intuito de evitar que recebessem diretamente os raios solares. Isso também ajudaria a manter seus possíveis odores afastados dos cães, cuja hostilidade incansável estava se tornando realmente um problema, mesmo a uma distância considerável e atrás de muros de neve cada vez mais altos que uma grande parte dos homens se apressava em erguer ao redor de seus canis. Lake dispôs pesados blocos de neve para manter a lona no

lugar em meio ao vendaval que chegava, pois as montanhas titânicas pareciam prestes a entregar rajadas bastante severas. As apreensões iniciais em relação aos repentinos ventos antárticos foram revividas, e sob a supervisão de Atwood foram tomadas precauções para reforçar as barracas, o novo canil e os abrigos rudimentares para os aviões no lado que dava para a encosta da montanha. Esses últimos abrigos, iniciados com blocos de neve dura empilhados ocasionalmente, não estavam, de forma alguma, tão altos quanto deveriam ser, e Lake finalmente liberou todas as mãos que estavam ocupadas em outras tarefas para que trabalhassem neles.

Já passava das quatro quando Lake, enfim, se preparou para encerrar a transmissão e nos aconselhou a partilhar do período de descanso que sua equipe tiraria assim que as paredes do abrigo estivessem um pouco mais altas. Ele manteve alguma conversa amigável com Pabodie sobre o éter e repetiu seus elogios às perfuratrizes realmente maravilhosas que o auxiliaram na realização de sua descoberta. Atwood também compartilhou cumprimentos e elogios. Enviei a Lake uma calorosa congratulação, assumindo que ele estava correto sobre a viagem ocidental, e todos nós concordamos em entrar em contato por rádio às dez da manhã. Se o vendaval tivesse cessado, Lake enviaria um avião para a equipe na minha base. Pouco antes de me retirar, enviei uma mensagem ao *Arkham* com instruções para que moderasse o tom ao retransmitir as notícias do dia para o mundo exterior, pois os detalhes completos pareciam radicais o bastante para levantar uma onda de incredulidade até que surgissem provas mais robustas.

III

Nenhum de nós, imagino, dormiu profunda ou continuamente aquela manhã, tanto pela euforia da descoberta de Lake quanto pela fúria crescente do vento. O sopro era tão selvagem, mesmo onde estávamos, que não podíamos deixar de imaginar o quão pior a coisa estava no acampamento de Lake, logo abaixo dos vastos picos desconhecidos que o criaram e liberaram. McTighe estava desperto às dez horas e tentou conectar Lake via rádio, como combinado, mas algum problema elétrico no ar inquieto a oeste parecia impedir a comunicação. Entretanto, nos conectamos com o *Arkham*, e Douglas disse que ele também estava tentando, em vão, contatar Lake. Ele não sabia sobre o vento, que pouco soprava no McMurdo, apesar de sua ira persistente em nosso acampamento.

Durante o dia todos ouvíamos ansiosamente e tentávamos contatar Lake em intervalos regulares, mas invariavelmente sem sucesso. Perto do meio-dia uma ventania frenética irrompeu do oeste, deixando-nos temerosos pela segurança de nosso acampamento, mas enfim diminuiu, com apenas um sopro moderado às duas da tarde. Depois das três estava tudo muito quieto, e redobramos nossos esforços para nos comunicar com Lake. Como tínhamos quatro aviões, cada um deles provido com um excelente dispositivo de ondas curtas, não podíamos imaginar nenhum acidente ordinário capaz de danificar todos os equipamentos de rádio simultaneamente. Contudo, o silêncio de pedra continuava, e quando pensávamos na força delirante com que o vento devia ter atingido seu acampamento não podíamos evitar traçar as mais terríveis conjecturas.

Às seis da tarde, nossos medos se tornaram intensos e definitivos, e após consultar Douglas e Thorfinnssen via rádio, decidi providenciar uma investigação. O quinto avião, que havíamos deixado no depósito do estreito de McMurdo com Sherman e dois marinheiros, estava em bom estado e poderia ser utilizado imediatamente, e nos parecia que a emergência para a qual o estávamos reservando recaía agora sobre nós. Contatei

Sherman pelo rádio e pedi que me encontrasse com o avião e dois marinheiros na base sul tão rápido quanto possível, pois as condições aéreas, ao que parecia, estavam altamente favoráveis. Falamos então sobre o pessoal que participaria da futura equipe de investigação e decidimos incluir todas as mãos, além do trenó e dos cães que mantive comigo. Mesmo uma carga dessas proporções não seria demais para um dos grandes aviões construídos de acordo com as nossas necessidades especiais de transporte de maquinaria pesada. Em intervalos, eu ainda tentava alcançar Lake via rádio, mas em vão.

Sherman, com os marinheiros Gunnarsson e Larsen, partiu às 19h30 e relatou um voo calmo em diversos pontos do trajeto. Chegaram à nossa base à meia-noite, e todos juntos discutiram o movimento seguinte. Era um negócio arriscado sobrevoar a Antártida em um único avião sem uma linha de base, mas ninguém hesitou diante do que parecia ser uma necessidade premente. Às duas da madrugada paramos para um breve descanso após uma carga preliminar do avião, mas estávamos em pé novamente em quatro horas para terminar de carregar e empacotar.

Às 7h15 de 25 de janeiro, começamos a voar na direção noroeste sob o comando de McTighe, com dez homens, sete cães, um trenó, suprimento de combustível e comida, além de outros itens, incluindo o dispositivo de comunicação do avião. A atmosfera estava clara, bem calma, com uma temperatura relativamente morna, e prevíamos poucos problemas em alcançar a altitude e a longitude designadas por Lake como o local de seu acampamento. Nossas apreensões recaíam sobre o que poderíamos encontrar, ou falhar em encontrar, ao final da viagem, já que o silêncio continuava a responder a todas as chamadas despachadas para o acampamento.

Todos os incidentes daquele voo de quatro horas e meia estão marcados em minha memória por força da posição crucial que ocupa em minha vida. Marca minha perda, aos cinquenta e quatro anos, de toda paz e equilíbrio que uma mente normal possuiu em sua concepção costumeira da natureza exterior e de suas leis. A partir dali, todos nós — mas o estudante Danforth e eu mesmo mais do que os outros — encararíamos um mundo apavorantemente amplificado de horrores à espreita que nada é capaz de apagar de nossas emoções, o qual evitaríamos partilhar com a humanidade se pudéssemos. Os jornais imprimiram os boletins que enviamos do avião em movimento, relatando nossa jornada sem escalas, nossas duas batalhas com as traiçoeiras ventanias ascendentes, nosso vislumbre da superfície partida onde Lake fizera uma perfuração três dias antes, e nossa visão de um grupo daqueles estranhos cilindros de neve fofa percebidos por Amundsen e Byrd enquanto rolavam ao vento através das cordilheiras intermináveis do platô congelado. Então atingimos um ponto em que nossas sensações não podiam ser transmitidas de maneira que a imprensa pudesse compreender, e ainda um momento posterior, quando precisamos adotar seriamente uma regra de estrita censura.

O marinheiro Larsen foi o primeiro a avistar a linha irregular com picos cônicos e pináculos à frente, e seus gritos levaram todos para as janelas da grande cabine do avião. Apesar de nossa velocidade, demoraram em ganhar proeminência, então soubemos que deviam estar infinitamente distantes, visíveis apenas por conta de sua altura anormal. Pouco a pouco, entretanto, ergueram-se sombrios no céu ocidental, nos permitindo distinguir vários cumes nus, ermos escurecidos, e capturar a estranha sensação de fantasia que eles inspiraram quando vistos sob a antártica luz vermelha que irradiava contra o cenário provocativo de iridescentes nuvens glaciais. Em todo o espetáculo havia um pressentimento persistente e penetrante de um segredo estupendo e de uma potencial revelação; como se aquelas notáveis agulhas saídas de um pesadelo marcassem as pilastras de uma arrepiante passagem para esferas proibidas do sonho, e complexos golfos do tempo, do espaço e ultradimensões remotas. Não pude deixar de sentir que eram coisas malignas — montanhas da loucura cujas encostas distantes miravam algum amaldiçoado abismo fatal. Aquele fundo de nuvens fervilhantes e mal iluminadas remetia a inefáveis sugestões de um além, vago e etéreo, muito distante do espaço terrestre; e oferecia horrendas lembranças do completo afastamento, estranhamento e desolação da longa morte deste inexplorado e insondável mundo austral.

Foi o jovem Danforth que chamou nossa atenção para as regularidades estranhas da divisa da montanha mais alta — regularidades que se pareciam com fragmentos bem encaixados de cubos perfeitos, as quais Lake mencionara em suas mensagens e que realmente justificavam sua comparação com as sugestões oníricas de ruínas de templos primordiais jazendo nos topos nublados das montanhas da Ásia, tão sutil e estranhamente pintadas por Rerikh. De fato, havia algo a respeito de todo aquele continente extramundano de mistério montanhoso que fazia lembrar o pintor. Eu senti isso em outubro, quando vimos a Terra da Vitória pela primeira vez, e sinto novamente agora. Senti, também, outra corrente de consciente inquietação em relação às semelhanças arqueanas míticas; igualmente me dei conta de quão perturbadoramente esse reino letal correspondia ao afamado platô de Leng citado nos escritos primais. Mitólogos têm identificado Leng como pertencente à Ásia Central, mas a memória racial do homem — ou de seus predecessores — é longa, e é possível que certos contos tenham surgido dessas terras, montanhas e templos de horror antes mesmo de existir a Ásia ou qualquer mundo humano que conhecemos. Poucos místicos audaciosos têm insinuado uma origem pré-pleistocênica para os fragmentos dos Manuscritos Pnakóticos, sugerindo que os devotos de Tsathoggua eram tão alheios à humanidade quanto seu próprio líder. Leng, onde quer que tenha se enraizado no espaço ou no tempo, não era uma região em que eu gostaria de adentrar ou de me aproximar; tampouco apreciava a proximidade com um mundo que pariu tais monstruosidades ambíguas e arqueanas como as mencionadas por Lake.

No momento, lamento ter lido o horrendo *Necronomicon* e me arrependo de ter conversado tanto com aquele desagradável e erudito folclorista Wilmarth na universidade.

Tal estado de espírito serviu para agravar minha reação diante da bizarra miragem que irrompeu sobre nós do zênite cada vez mais opalescente enquanto nos aproximávamos das montanhas e começávamos a perceber as ondulações cumulativas dos sopés. Eu já vira dúzias de miragens polares durante as semanas anteriores, algumas delas tão inquietantes e fantasticamente vívidas quanto o presente exemplo; mas essa possuía uma qualidade completamente nova e obscura de ameaçador simbolismo, e me arrepiei enquanto o fervilhante labirinto de paredes, torres e minaretes fabulosos assomava dos vapores turvos acima de nós.

O efeito compunha uma cidade ciclópica de uma arquitetura desconhecida por qualquer homem, indo além da imaginação humana, com vastas agregações de cantaria notívaga incorporando perversões monstruosas das leis geométricas e alcançando os grotescos mais extremos de uma sinistra bizarria. Havia cones truncados, por vezes tumefatos ou canelados, coroados por altos mastros cilíndricos aqui e ali alargados bulbosamente e frequentemente encimados por camadas de estreitos discos protuberantes; além de estranhas e salientes construções tabulares sugerindo pilhas inumeráveis de lajes retangulares, pratos circulares ou estrelas de cinco pontas, de forma que uma se sobrepunha à outra. Havia cones compostos e pirâmides solitárias ou encimando cilindros ou cubos ou cones truncados mais lisos, e outras pirâmides e ocasionais pináculos em formato de agulha dispostos em curiosos aglomerados de cinco. Todas essas estruturas febris pareciam ser conectadas por pontes tubulares que se cruzavam nas várias alturas vertiginosas, e a escala implícita do todo era terrível e opressiva em seu absoluto gigantismo. O panorama geral da miragem não era muito diferente de algumas das mais loucas formas observadas e desenhadas pelo baleeiro ártico Scoresby[5] em 1820; mas nesse tempo e lugar, nessa escuridão, com desconhecidos picos montanhosos elevando-se estupendos à nossa frente, com a anômala descoberta de um antigo mundo em nossas mentes e o sudário de um provável desastre envolvendo a maior parte de nossa expedição, nós todos parecíamos encontrar na miragem uma nódoa de latente malignidade e de um prodígio infinitamente perverso.

Fiquei feliz quando a miragem começou a se dissipar, ainda que no processo os vários torreões e cones pesadelares tenham assumido formas temporariamente distorcidas de uma hediondez ainda maior. Quando toda a ilusão se dissolveu em um turbilhão opalescente, voltamos a observar a terra e percebemos que o fim de nossa jornada não estava tão longe. As montanhas desconhecidas à nossa frente se erguiam vertiginosamente como um temível baluarte de gigantes, suas curiosas regularidades se revelando com clareza espantosa mesmo sem o uso de binóculos. Estávamos sobre o mais baixo dos sopés agora e podíamos divisar entre a neve, o gelo e manchas de solo desnudo do platô principal alguns pontos escuros que identificamos como o acampamento e a área de escavação de Lake. Os sopés mais altos se erguiam a uma distância de oito a dez quilômetros, formando uma cordilheira quase distinta da terrível linha dos picos maiores que o Himalaia que estavam além deles. Por fim, Ropes — o estudante que rendera McTighe nos controles — começara a descer em direção ao ponto negro à esquerda cujo tamanho denotava ser o acampamento. Enquanto ele manobrava, McTighe enviou via rádio a última mensagem não censurada que o mundo receberia de nossa expedição.

5   William Scoresby (1789-1857), cientista e explorador inglês cujas viagens inspiraram Herman Melville, autor de *Moby Dick*.

Todos, é claro, leram os breves e pouco satisfatórios boletins a respeito do resto de nossa estadia antártica. Algumas horas após nosso pouso, enviamos um cauteloso relatório da tragédia que encontramos e anunciamos com alguma relutância o desaparecimento de toda a equipe de Lake, que fora levada pelo vento tenebroso do dia anterior, ou da noite que o antecedeu. Onze mortos foram reconhecidos, e o jovem Gedney estava desaparecido. As pessoas perdoaram nossa nebulosa carência de detalhes, compreendendo o choque que o triste evento deve ter nos causado, e acreditaram quando explicamos que a ação mutiladora do vento deixara todos os onze corpos impróprios para uma viagem rumo ao mundo exterior. De fato, eu me convenci de que, embora em meio à angústia, extrema confusão e horror capaz de dilacerar a alma, nós pouco faltamos com a verdade em qualquer instância específica. O tremendo significado reside naquilo que não ousamos contar — e que eu não ousaria relatar agora não fosse pela necessidade de alertar os demais quanto a terrores inomináveis.

De fato, os ventos causaram uma terrível devastação. Se todos sobreviveriam à sua ação, mesmo sem considerarmos o resto, é uma questão que deixa graves dúvidas. A tempestade, com sua fúria de partículas de gelo enlouquecidas, ultrapassara qualquer outro fenômeno encontrado por nossa expedição. Um dos abrigos de aviões — todos, ao que parece, haviam sido deixados em um estado no mínimo inadequado — fora quase que pulverizado; e a grua na escavação distante estava inteiramente em pedaços. O metal exposto dos aviões pousados e da maquinaria de perfuração foi lixado pela ventania até o polimento, e duas das tendas menores estavam esmagadas a despeito do reforço de neve. As superfícies de madeira deixadas pela tempestade estavam riscadas e com a tinta descascada, e todos os sinais de trilhas na neve se encontravam completamente apagados. Também é verdade que não encontramos nenhum dos objetos biológicos arqueanos em condição de serem carregados inteiros para fora. Reunimos alguns minerais de uma vasta pilha erodida, incluindo vários dos fragmentos da pedra-sabão esverdeada, cujos sofisticados padrões circulares de cinco pontas e agrupamentos de marcas levantaram tantas comparações duvidosas; e alguns fósseis, entre os quais estavam os mais típicos dos espécimes curiosamente danificados.

Nenhum dos cães sobreviveu, e os canis improvisados, erguidos nos arredores do acampamento, foram praticamente destruídos. Talvez o vento tenha sido o responsável, embora uma abertura maior no lado que dava para o acampamento, que era protegido do vento, sugeria que os animais teriam se lançado por ali ou que eles mesmos, em seu frenesi, teriam arrebentado o canil. Todos os três trenós se foram, e tentamos supor que o vento possa tê-los soprado em direção ao desconhecido. A perfuratriz e a máquina de derreter gelo estavam danificadas demais para garantir qualquer salvação, então as utilizamos para fechar o sutilmente perturbador portal para o passado que Lake havia perfurado. Da mesma maneira deixamos no acampamento os dois aviões mais avariados, já que nossa equipe sobrevivente possuía apenas quatro pilotos qualificados — Sherman, Danforth, McTighe e Ropes —, embora Danforth estivesse nervoso demais para pilotar. Trouxemos de volta todos os livros, equipamentos científicos e outras coisas

que pudemos encontrar, ainda que o vento tenha levado uma quantidade quase incalculável de equipamento. Tendas reservas e casacos estavam desaparecidos ou sem condições de uso.

Aproximadamente às quatro da tarde, depois que uma ampla busca aérea nos obrigou a declarar que Gedney estava perdido, enviamos nossa mensagem para que o *Arkham* a retransmitisse; e creio que fizemos bem ao transmiti-la em termos calmos e descompromissados. No máximo, relatamos uma agitação entre os cães, que demonstravam uma inquietação frenética quando se aproximavam dos espécimes biológicos, como era de se esperar a partir dos relatos do pobre Lake. Não mencionamos, creio eu, a demonstração dessa mesma inquietação quando os animais farejavam junto às estranhas pedras-sabão esverdeadas e a outros objetos naquela região desordenada; objetos que incluíam instrumentos científicos, aviões e maquinário, tanto do acampamento quanto da escavação, cujas partes foram perdidas, removidas ou adulteradas de alguma forma pelos ventos que deveriam ter sido nutridos por curiosidade e ímpeto singulares.

A respeito dos catorze espécimes biológicos, fomos compreensivelmente vagos. Dissemos que os únicos encontrados estavam danificados, mas que restara o suficiente para comprovar que a completa descrição de Lake foi impressionantemente acurada. Era uma tarefa difícil manter nossas emoções pessoais fora de questão — e não mencionamos números nem informamos exatamente o estado daqueles que encontramos. Concordamos provisoriamente em não transmitir nada que sugerisse insanidade por parte dos homens de Lake, e certamente parecia loucura ter encontrado seis monstruosidades imperfeitas enterradas cuidadosamente, na posição vertical, em covas de gelo de pouco mais de três metros sob montes de neve pentagonais nos quais estavam desenhados grupos de pontos em padrões exatamente iguais àqueles vistos nas estranhas pedras-sabão esverdeadas oriundas dos períodos Mesozoico ou Terciário. Os oito espécimes que Lake considerara em perfeito estado pareciam ter desaparecido completamente.

Também fomos cuidadosos em relação à paz de espírito do público; assim, Danforth e eu pouco relatamos a respeito daquela pavorosa viagem sobre as montanhas no dia seguinte. O fato de que apenas um avião muito leve poderia atravessar uma cordilheira daquela altura foi o que misericordiosamente limitou a viagem de reconhecimento a apenas nós dois. Quando retornamos, à uma da madrugada, Danforth estava quase histérico, mas manteve uma admirável aparência de serenidade. Não foi necessária nenhuma persuasão para fazê-lo prometer que não mostraria nossos rascunhos e as outras coisas que trouxemos em nossos bolsos, que não diria nada para os outros além do que havíamos combinado de transmitir ao mundo exterior e que esconderia os filmes de nossas câmeras para uma posterior revelação; portanto, esta parte de minha história será tão nova para Pabodie, McTighe, Ropes, Sherman e os demais quanto para o mundo em geral. De fato, Danforth é mais discreto que eu, pois ele viu — ou pensou ter visto — algo que ele não ousou contar nem mesmo para mim.

Como todos sabem, nosso relatório inclui a descrição de uma difícil subida; uma confirmação da opinião de Lake de que os grandes picos eram compostos de ardósia arqueana e de outros estratos primais dobrados e intocados desde a metade dos tempos comancheanos, pelo menos; um comentário convencional sobre a regularidade de um cubo suspenso e das formações em baluarte; uma decisão de que as bocas da caverna indicavam veios calcários dissolvidos; uma conjectura de que certas encostas e passagens permitiriam a escalada e a travessia da cordilheira inteira por montanhistas experientes; e uma observação de que o misterioso lado oposto continha um altivo e imenso superplatô tão antigo e inalterado quanto as próprias montanhas — seis quilômetros de altitude, com grotescas formações rochosas se projetando através de uma fina camada glacial e baixos sopés graduais entre a superfície geral do platô e os precipícios íngremes dos picos mais altos.

O conjunto de dados era verdadeiro, e isso satisfez completamente os homens do acampamento. Atribuímos nossa ausência de dezesseis horas — um tempo maior do que nosso voo anunciado, a aterrissagem, o reconhecimento e a programação de coleta de rochas demandavam — a um longo e mítico período de condições adversas de vento; e dissemos a verdade sobre nosso pouso em sopés mais distantes. Por sorte nossa história soou realística e prosaica o suficiente para não convencer nenhum dos outros a emular nosso voo. Se algum deles se arriscasse a fazer isso, eu usaria cada grama de minha persuasão para impedi-lo — e eu não sei o que Danforth faria. Enquanto íamos embora, Pabodie, Sherman, Ropes, McTighe e Williamson trabalharam arduamente nos dois melhores aviões de Lake a fim de prepará-los novamente para o uso, apesar da inexplicável pane em seus mecanismos operacionais.

Decidimos carregar todos os aviões na manhã seguinte e iniciar o retorno para nossa antiga base tão logo quanto possível. Ainda que indiretamente, era essa a maneira mais segura de alcançar McMurdo; já que um voo direto através das extensões mais que desconhecidas do continente morto há éons envolveria muitos riscos adicionais. Explorações posteriores seriam dificilmente factíveis em vista de nossa trágica perda e da ruína de nosso maquinário de perfuração; e as dúvidas e horrores ao nosso redor — que nós não revelamos — nos faziam desejar apenas escapar o mais depressa possível daquele mundo austral de desolação e loucura.

Como o público sabe, nosso retorno ao mundo ocorreu sem maiores desastres. Todos os aviões alcançaram a velha base na tarde do dia seguinte — 27 de janeiro —, após um breve voo sem escalas; e no dia 28 percorremos o estreito de McMurdo em duas voltas, com uma única e breve pausa forçada por uma falha no orientador de voo devido ao vento furioso que soprava sobre a barragem de gelo tão logo avistamos o grande platô. Depois de cinco dias o *Arkham* e o *Miskatonic*, bem como todos os homens e equipamentos a bordo, se sacudiam para longe do campo de gelo que se espessava e alcançou o mar de Ross com as montanhas zombeteiras da Terra de Vitória assomando a oeste contra um agitado céu antártico e pervertendo as lamúrias do vento em um assovio musical de amplo alcance que enregelaram minha alma. Menos de uma quinzena depois deixamos para trás o último resquício de terra polar e agradecemos aos céus por estarmos distantes de um reino assombrado e amaldiçoado onde a vida e a morte, o espaço e o tempo, celebraram negras e blasfemas alianças nas épocas desconhecidas desde que a matéria pela primeira vez se contorceu e flutuou na crosta recém-resfriada do planeta.

Desde nosso retorno todos temos trabalhado constantemente para desencorajar a exploração antártica, mantendo algumas dúvidas e palpites apenas entre nós com esplêndida unidade e fidelidade. Nem mesmo o jovem Danforth, que sofreu um colapso nervoso, deixou escapar ou balbuciou algo aos seus doutores — de fato, como eu disse, há uma única coisa que ele pensa ter visto sozinho e que não contará nem mesmo para mim, não obstante eu acreditasse que essa confissão contribuiria com seu estado psicológico. Isso poderia explicar e aliviar muitas questões, embora, talvez, a coisa fosse não mais que o arremate ilusório de um choque anterior. Essa é a impressão que tive após aqueles raros momentos de irresponsabilidade quando ele sussurrava coisas desconexas para mim — coisas que ele repudiava com veemência tão logo se recompunha um pouco.

Seria um trabalho árduo dissuadir os outros de se aventurar no grande sul branco, e alguns de nossos esforços podem causar danos diretos à nossa causa por despertar atenção inquisitiva. Podemos ter percebido de início que a curiosidade humana é imortal, que os resultados que divulgamos seriam o suficiente para atiçar outros homens a continuar a mesma busca perpétua pelo desconhecido. Os relatos de Lake a respeito daquelas monstruosidades biológicas conduziram naturalistas e paleontólogos ao mais alto grau de entusiasmo; embora tenhamos sido sensíveis o bastante para não revelar as partes decepadas que retiramos das criaturas enterradas, ou nossas fotografias daqueles espécimes tal e qual foram encontrados. Abstivemo-nos também de mostrar os ossos com cicatrizes e pedras-sabão esverdeadas; enquanto Danforth e eu ocultamos cautelosamente as imagens que fotografamos ou desenhamos no superplatô através da cordilheira, além das coisas erodidas que encontramos, estudamos aterrorizados e trouxemos em nossos bolsos. Mas agora a equipe Starkweather-Moore está se organizando, e com um rigor muito superior aos cuidados tomados pela nossa equipe. Se não forem dissuadidos, alcançarão o núcleo interno da Antártida e derreterão e perfurarão até trazer à luz o que pode ser o fim do mundo que conhecemos. Assim devo transcender todas as reticências — mesmo em relação à coisa inominada e suprema que habita além das montanhas da loucura.

IV

Apenas com muita hesitação e repugnância permito que minha mente retorne ao acampamento de Lake e ao que realmente encontramos ali — relembrando também aquela outra coisa além da pavorosa parede da montanha. Sou constantemente tentado a furtar-me de detalhes e deixar pistas no lugar de fatos e deduções inelutáveis. Espero já ter dito o suficiente para me permitir repassar brevemente o restante; ou seja, o restante do horror encontrado no acampamento. Já mencionei o terreno devastado pelo vento, os abrigos danificados, o maquinário arruinado, as diversas inquietações de nossos cães, os trenós e outros itens desaparecidos, as mortes de homens e cães, a ausência de Gedney e os seis espécimes biológicos insanamente enterrados, com suas texturas estranhamente preservadas de danos estruturais e provenientes de um mundo morto há quarenta milhões de anos. Não me recordo se reportei que, ao verificar os cadáveres dos cães, descobrimos que um deles estava ausente. Não pensamos muito sobre isso até mais tarde — na verdade, apenas Danforth e eu pensamos nisso.

As principais coisas que temos resguardado estão relacionadas aos corpos e a certos pontos sutis que poderiam ou não conduzir a um tipo de lógica hedionda e incrível no caos aparente. À época, tentei afastar a mente dos homens desses pontos; pois seria tão mais simples — tão mais normal — atribuir tudo a um surto de loucura de alguns membros da equipe de Lake. Olhando de onde estávamos, aquele vento demoníaco da montanha seria suficiente para enlouquecer qualquer um em meio ao centro de todo o mistério e desolação terrestre.

O que coroava as anormalidades era, obviamente, a condição dos corpos — tanto os dos homens quanto os dos cães. Todos estiveram envolvidos em algum tipo de conflito e se encontravam diabolicamente esquartejados e mutilados de uma maneira inexplicável. As mortes, até onde podíamos julgar, foram causadas por estrangulamento ou laceração. É evidente que os cães começaram o tumulto, pois o estado de seu mal construído canil testemunhava que o arrombamento fora forçado por dentro. O canil foi erguido a alguma distância do acampamento em virtude do ódio que os animais sentiam por aqueles organismos arqueanos infernais, mas a precaução,

ao que parece, foi em vão. Quando deixados sozinhos naquele vento monstruoso, guardados por frágeis paredes de altura insuficiente, eles devem ter surtado — não se pode dizer se pelo próprio vento ou por causa de algum sutil e crescente odor emitido pelos espécimes pesadelares. Eles foram, é claro, recobertos por uma lona; mas o baixo sol antártico incidiu sobre a manta, e Lake mencionou que o calor solar relaxava e expandia os tecidos de estranha textura e rigidez. Talvez o vento tenha levantado a lona que os recobria, arrastando-os de tal forma que suas qualidades odoríferas mais pungentes se manifestaram apesar de sua antiguidade inacreditável.

Mas o que quer que tenha ocorrido foi suficientemente hediondo e revoltante. Talvez seja melhor colocar os escrúpulos de lado e relatar de vez o pior — embora com uma categórica opinião, baseada em observações de primeira mão e nas mais rígidas deduções estabelecidas por mim e por Danforth, de que o desaparecido Gedney não foi, de forma alguma, responsável pelos horrores repugnantes que encontramos. Eu disse que os cadáveres estavam pavorosamente mutilados. Devo acrescentar, agora, que alguns apresentavam incisões e tiveram os órgãos removidos do modo mais curioso, frio e inumano. O mesmo aconteceu com os cães e os homens. Todos os corpos mais saudáveis e gordos, quadrúpedes ou bípedes, tiveram suas massas de tecido mais sólidas cortadas e removidas, como que por um cuidadoso açougueiro, e ao redor deles havia respingos de sal — retirado dos baús de provisões dos aviões saqueados —, o que conjurava as associações mais horríveis. A coisa ocorrera num dos rústicos abrigos de aeronaves, de onde o avião foi arrastado para fora, e ventanias subsequentes apagaram quaisquer traços que poderiam suprir uma teoria plausível. Farrapos de roupas, arrancados rudemente das vítimas humanas laceradas, não escondiam nenhuma pista. É inútil mencionar a impressão causada por algumas fracas pegadas na neve, num canto protegido do abrigo em ruínas — já que a impressão não dizia respeito a pegadas humanas no fim das contas, mas se assemelhava claramente às marcas fósseis relatadas por Lake nas semanas anteriores. Deve-se ser cauteloso com a própria imaginação aos pés daquelas sobranceiras montanhas da loucura.

Como disse, descobrimos, por fim, que Gedney e um dos cães haviam desaparecido. Quando chegamos ao terrível abrigo, demos falta de dois homens e dois cães; mas a razoavelmente intacta tenda de dissecação, na qual entramos após investigar as monstruosas covas, tinha algo a revelar. Não estava como Lake deixara, pois as partes cobertas da monstruosidade primitiva haviam sido removidas da mesa improvisada. De fato, percebemos que uma das seis coisas imperfeitas e enterradas insanamente — e que exalava o traço de um odor peculiarmente odioso — devia ser formada pelas partes amputadas da entidade que Lake tentara analisar. No entorno da mesa de laboratório trombamos com outras coisas, e não demorou muito para nos darmos conta de que aquelas coisas eram as partes de um homem e de um cão cuidadosamente dissecadas, ainda que de maneira estranha e amadora. Devo omitir a identidade do homem a fim de preservar os sentimentos dos sobreviventes. Os instrumentos anatômicos de Lake tinham desaparecido, mas havia evidências de que foram limpos com cuidado. O fogareiro à gasolina também havia sumido, mas encontramos nos arredores um curioso amontoado de fósforos riscados. Enterramos as partes humanas ao lado dos outros dez homens, e os restos caninos ao lado dos outros trinta e cinco cães. Em relação às estranhas marcas na mesa do laboratório e à desordem de livros ilustrados manejados rudemente e largados próximos dela, estávamos muito aturdidos para especular.

Tal era a conformação do pior que encontramos naquele acampamento de horror, mas outras coisas eram igualmente motivos de perplexidade. O desaparecimento de Gedney, do cão, dos oito espécimes biológicos intactos, dos três trenós, de

certos instrumentos, de livros ilustrados técnicos e científicos, de material de escrita, sinalizadores elétricos e baterias, de comida e combustível, aparato de aquecimento, tendas, casacos de pele e coisas do tipo, estava além de qualquer conjectura sã; bem como os respingos e manchas de tinta em alguns pedaços de papel, além de evidências curiosas de estranha manipulação e experimentação ao redor das aeronaves e de todos os outros equipamentos mecânicos, tanto no acampamento quanto na área de escavação. Os cães pareciam abominar esse maquinário estranhamente desmantelado. Havia também a desordem na despensa, o sumiço de alguns grampos e o quase cômico amontoado de latas abertas das maneiras mais incomuns e nos mais estranhos locais. A profusão de fósforos jogados, intactos, quebrados e queimados, formava outro enigma menor; assim como duas ou três barracas e casacos que encontramos largados com rasgos peculiares e heterodoxos, possivelmente em virtude de desastrados esforços para adaptações inimagináveis. Os maus-tratos aos corpos caninos e humanos, bem como o louco enterro dos espécimes arqueanos danificados, eram peças de toda essa aparente loucura degradante. Em vista de tal eventualidade, fotografamos cuidadosamente todas as evidências principais da insana desordem do acampamento e usaremos as imagens para corroborar nossos clamores contra a partida da pretensa expedição Starkweather-Moore.

Nossa primeira ação ao encontrar os corpos no abrigo foi fotografar e abrir a fila de loucas sepulturas com os montes de neve de cinco pontas. Impossível não notar a semelhança entre essas lajes monstruosas, com seus grupos de pontos, e as descrições do pobre Lake a respeito da estranha pedra-sabão esverdeada;

e quando encontramos algumas dessas pedras na grande pilha de minerais, achamos a semelhança realmente muito grande. Toda a formação geral, é importante deixar claro, parecia sugerir abominavelmente a cabeça de estrela-do-mar das entidades arqueanas; e concordamos que a sugestão deve ter agido potentemente nas mentes sensíveis da extenuada equipe de Lake. Nossa primeira visão das verdadeiras entidades sepultadas compôs um momento horrível e fez minha imaginação e a de Pabodie se voltarem a alguns dos chocantes mitos primitivos sobre os quais tínhamos lido e ouvido a respeito. Concordamos que a mera visão e a presença contínua das coisas devem ter cooperado com a opressiva solidão polar e o demoníaco vento montanhês para levar a equipe de Lake à loucura.

A loucura — concentrando-se na ideia de Gedney como o único agente que possivelmente sobreviveu — era a explicação espontaneamente adotada por todos aqueles que se pronunciaram a respeito do ocorrido; embora eu não seja tão ingênuo a ponto de negar que cada um de nós tenha nutrido loucos palpites cuja formulação completa era impedida pela sanidade. Sherman, Pabodie e McTighe realizaram um exaustivo sobrevoo de aeroplano sobre todo o território circundante durante a tarde, varrendo o horizonte com binóculos em busca de Gedney e das várias coisas desaparecidas; mas nada veio à luz. A equipe reportou que a titânica cordilheira se estendia infinitamente tanto para a esquerda quanto para a direita, sem qualquer diminuição em altura ou na estrutura essencial. Em alguns dos picos, entretanto, os cubos regulares e as plataformas eram mais íngremes e planos, guardando semelhanças duplamente fantásticas com os montes asiáticos em ruínas

pintados por Rerikh. A distribuição das crípticas entradas de caverna nos pináculos desnudos parecia rústica mesmo a partir da mais longa distância que se poderia traçar.

A despeito de todos os horrores predominantes, ainda nos restara suficiente zelo científico e espírito de aventura para nos questionar sobre o reino desconhecido que ficava além daquelas montanhas misteriosas. Conforme relataram nossas resguardadas mensagens, descansamos à meia-noite, depois de um dia de terror e estupefação; mas não sem antes planejar um ou mais sobrevoos em um avião leve com câmera aérea e equipamento geológico, programados para a manhã seguinte. Ficou decidido que Danforth e eu tentaríamos primeiro, e acordamos às sete da manhã com pretensões de iniciar uma viagem bem cedo; contudo os pesados ventos — mencionados em nosso breve boletim para o mundo exterior — atrasaram nossa partida até às nove horas, aproximadamente.

Já relatei a história descomprometida que contei aos homens no acampamento — e a qual repliquei para o mundo exterior — após nosso retorno dezesseis horas depois. Agora é meu terrível dever ampliar esse relato preenchendo os vazios misericordiosos com pistas do que realmente vimos no escondido mundo transmontano — pistas das revelações que, por fim, conduziram Danforth a um colapso nervoso. Gostaria que ele revelasse uma palavra realmente sincera sobre a coisa que ele pensa ter visto — mesmo que tenha sido, provavelmente, uma ilusão nervosa — e que foi, talvez, a última gota que o levou para onde ele está; mas ele é categórico a respeito disso. Tudo o que posso fazer é repetir seus últimos suspiros desconjuntados sobre o que o fez tremer enquanto o avião decolava da passagem daquela montanha torturada pelo vento após o choque real e tangível que partilhamos. Essas serão minhas últimas palavras. Se os evidentes sinais de antigos horrores sobreviventes por mim revelados não forem suficientes para impedir que outros se intrometam no interior antártico — ou ao menos evitar que penetrem muito profundamente sob a superfície desse deserto supremo de segredos proibidos e de inumana desolação amaldiçoada pelos éons —, não será minha a responsabilidade por inomináveis e talvez imensuráveis males.

Danforth e eu, estudando as notas feitas por Pabodie em seu voo vespertino e conferindo com um sextante, calculamos que a mais baixa passagem disponível na cordilheira estava à nossa direita, no campo de visão do acampamento, a cerca de sete mil metros acima do nível do mar. A esse ponto, então, nos dirigimos no avião mais leve iniciando nosso voo de exploração. O próprio acampamento, em sopés que irrompem de um alto platô continental, estava a uns quatro quilômetros de altitude; assim o aumento necessário da altura não era tão vasto quanto parecia. Entretanto, estávamos cientes do ar rarefeito e do frio intenso enquanto subíamos já que, por conta das condições de visibilidade, tivemos que manter as janelas das cabines abertas. Vestíamos, é claro, nossos casacos de pele mais pesados.

Conforme nos aproximávamos dos picos ameaçadores, obscuros e sinistros sobre a linha de neve fendida e geleiras intersticiais, notamos cada vez mais as formações curiosamente regulares presas às encostas, e pensamos de novo nas estranhas pinturas asiáticas de Nikolai Rerikh. Os estratos rochosos, ancestrais e varridos pelo vento confirmavam completamente os boletins de Lake, comprovando que esses pináculos rugidores foram erguidos exatamente da mesma forma desde um tempo surpreendentemente antigo da história da Terra — talvez mais de cinquenta milhões de anos. Quão alto eles já foram, era inútil conjecturar; mas tudo sobre essa estranha região apontava para influências atmosféricas obscuras e desfavoráveis a mudanças, calculadas para retardar o processo climático habitual de desintegração das rochas.

Mas foi o emaranhado de cubos regulares, parapeitos e bocas de grutas nas encostas que mais nos fascinou e perturbou. Estudei-os com um binóculo e tirei algumas fotografias aéreas enquanto Danforth pilotava; e por vezes eu o rendia nos controles — ainda que meu conhecimento em aviação fosse puramente amador — para deixá-lo usar os binóculos. Podíamos facilmente perceber que grande parte daquelas coisas era composta por um quartzito arqueano clareado, distinto de qualquer formação visível nas áreas descobertas da superfície geral; e que sua regularidade era tão extrema e espantosa que o pobre Lake mal conseguira sugerir.

Como ele afirmara, as extremidades estavam erodidas e arredondadas em virtude da ação de incontáveis éons de selvagens intempéries; mas sua solidez sobrenatural e material resistente as salvaram da obliteração. Muitas partes, especialmente aquelas mais próximas às encostas, pareciam ser, em substância, idênticas à superfície rochosa ao redor. O arranjo geral lembrava as ruínas de Machu Picchu nos Andes, ou as muralhas ancestrais de Kish como foram reveladas pelas escavações da expedição de campo do Museu Oxford de 1929; e ambos, Danforth e eu, tivemos aquela impressão ocasional dos blocos ciclópicos separados que Lake atribuiu a Carroll, seu companheiro de voo. Como dar conta de tais coisas naquele lugar estava francamente além de minhas capacidades e

como geólogo, senti-me estranhamente humilhado. Formações ígneas frequentemente apresentam regularidades estranhas — como a famosa Calçada dos Gigantes na Irlanda —, mas essa cordilheira espantosa, apesar das suspeitas originais de Lake de que fossem cones fumegantes, eram, sem dúvida, estruturas não vulcânicas.

As curiosas bocas de caverna, que pareciam mais abundantes nas proximidades das singulares formações, apresentavam outro enigma — embora um enigma menor — devido à regularidade de seus contornos. De acordo com os boletins de Lake, sua forma frequentemente se assemelhava a um quadrado ou semicírculo, como se os orifícios tivessem sido talhados por alguma mão mágica para alcançar uma maior simetria. Seu número e larga distribuição eram notáveis, sugerindo que toda a região era alveolada por túneis dissolvidos no estrato calcário. Tais vislumbres não podiam ser vistos muito além ao longo do interior das cavernas, mas notamos que elas aparentemente não tinham estalactites e estalagmites. No exterior, aquelas partes das encostas da montanha adjuntas às aberturas pareciam invariavelmente suaves e regulares; e Danforth achou que as leves rachaduras e fendas abertas pelas intempéries formavam padrões incomuns. Repletos como estávamos dos horrores e estranhamentos descobertos no acampamento, ele sugeriu que as fendas lembravam vagamente aqueles grupos de pontos das ancestrais pedras-sabão esverdeadas, tão hediondamente replicados nos túmulos de neve concebidos de maneira insana sobre as seis monstruosidades enterradas.

Ascendemos gradualmente, sobrevoando os sopés mais altos ao longo da passagem relativamente baixa que havíamos selecionado. Conforme avançávamos, olhávamos para baixo, observando a neve e o gelo da rota terrestre, perguntando-nos se poderíamos ter tentado a viagem por terra com os equipamentos mais simples de outras épocas. Para nossa surpresa, vimos que aquele terreno estava longe de apresentar as dificuldades que se esperariam de lugares do tipo; assim, apesar das fendas e de outros pontos mais críticos, não parecia capaz de deter os trenós de um Scott, de um Shackleton, ou de um Amundsen. Algumas glaciações pareciam conduzir a desfiladeiros submetidos ao vento com incomum continuidade, e, quando atingimos o desfiladeiro que escolhemos, descobrimos que nosso caso não seria uma exceção.

Enquanto nos preparávamos para rodear a crista e espiar um mundo inexplorado, fomos tomados por sensações de tensa expectativa que dificilmente podem ser reproduzidas no papel, ainda que não tivéssemos razão para pensar que as regiões além da cordilheira diferissem essencialmente daquelas já vistas e atravessadas. O toque de perverso mistério dessa barreira de montanhas e do chamativo mar de céu opalescente vislumbrado por entre seus cumes conformava uma matéria tão sutil e diáfana que é impossível explicar em palavras. Era antes um caso de vago simbolismo psicológico e associação estética — algo que se misturava com poesia e pinturas exóticas, e mitos arcaicos à espreita em tomos esquivos e proibidos. Mesmo o soprar do vento carregava uma corrente peculiar de malignidade consciente; e por um segundo parecia que o som composto incluía um silvo musical bizarro ou pífanos de um amplo alcance enquanto a rajada entrava e saía das onipresentes e ressonantes entradas das cavernas. Havia uma nublada nota de repulsa reminiscente nesse som, tão complexa e inclassificável quanto qualquer uma das outras obscuras impressões

Agora estávamos, após uma lenta subida, à altura de mais de sete quilômetros de acordo com o aneroide; e deixamos a região de neve pegajosa definitivamente para trás. Acima havia apenas encostas de rocha nua e escurecida e o princípio de geleiras acidentadas — a despeito daqueles cubos provocativos, baluartes e bocas ecoantes de cavernas que adicionavam um portento sobrenatural, fantástico e onírico. Olhando para a linha de picos, pensei ter visto aquele que fora mencionado pelo pobre Lake, que possuía um baluarte exatamente no topo. Parecia meio perdido em uma estranha névoa antártica; tal névoa, talvez, tenha sido responsável pela hipótese inicial de Lake em relação ao vulcanismo. O desfiladeiro assomava diretamente à nossa frente, suave e varrido pelo vento entre seus pilões denteados e malignos. Além dele estava um céu atormentado por vapores rodopiantes e iluminado por um baixo sol polar — o céu desse misterioso reino distante sobre o qual sentimos que nenhum olho humano havia pousado.

Alguns metros de altitude a mais e contemplaríamos aquele reino. Danforth e eu, incapazes de falar exceto aos berros em meio aos assovios e uivos do vento que corria pela passagem e se somava ao ruído dos motores, trocávamos olhares eloquentes. E então, vencidos esses últimos metros, de fato olhávamos através daquela momentosa fronteira e contemplávamos os segredos sem igual de uma terra antiga e completamente desconhecida.

V

Creio que nós dois gritamos simultaneamente num misto de temor, espanto e descrença em relação aos próprios sentidos conforme finalmente atravessávamos a passagem e nos deparamos com o que estava além. É claro que devíamos ter alguma teoria natural no fundo de nossas mentes para manter nossas faculdades naquele momento. Provavelmente pensamos em coisas tais como as pedras do Jardim dos Deuses, no Colorado, que foram grotescamente maltratadas pelas intempéries, ou nas rochas escavadas pelo vento no deserto do Arizona, fantásticas em sua simetria. Talvez tenhamos mesmo chegado a considerar, por um momento, a visão como uma miragem tal como a que vimos naquela manhã antes de nossa primeira aproximação das montanhas da loucura. Devíamos estar munidos de algumas noções normais que nos socorreram enquanto nossos olhos varriam o platô ilimitado e marcado pelas tempestades, apreendendo o labirinto quase infinito de pedras maciças, colossais, regulares e geometricamente eurrítmicas que empinavam suas cristas desabadas e lascadas sobre um lençol glacial de doze ou quinze metros de profundidade em sua parte mais espessa e obviamente mais fino em alguns pontos.

O efeito da visão monstruosa era indescritível, já que alguma violação demoníaca das leis naturais parecia uma certeza desde o começo. Ali, num platô infernal a pouco mais de seis mil metros de altitude, sob um clima inabitável desde uma era pré-humana, há não menos de quinhentos mil anos, se estende, quase até o limite da visão, um emaranhado de pedras ordenadas que tão somente o desespero de uma autodefesa mental poderia atribuir a algo que não fosse uma causa consciente e artificial. Havíamos descartado previamente, até onde o pensamento sério era possível, qualquer teoria de que os cubos e baluartes das encostas pudessem ser outra coisa que não naturais em sua origem. Como seria de outra forma, quando o próprio homem dificilmente poderia ser diferenciado dos grandes macacos na época em que essa região sucumbiu ao presente reino inquebrantável de morte glacial?

Mas, nesse momento, o equilíbrio da razão parecia irrefutavelmente abalado, pois aquele labirinto ciclópico de blocos quadrados, curvos e angulosos, possuía características que extirpavam qualquer refúgio confortável. Era, claramente, a blasfema cidade da miragem numa realidade forte, objetiva e inelutável. Aquele condenável portento possuía uma base material no fim das contas — houvera algum estrato horizontal de pó de gelo na atmosfera superior, e esse chocante sobrevivente de pedra projetara sua imagem através das montanhas de acordo com as simples leis da reflexão. É claro que o fantasma fora retorcido e exagerado, contendo coisas de que a fonte real não dispõe; mas mesmo agora, enquanto víamos a fonte real, a achávamos ainda mais hedionda e ameaçadora que sua imagem distante.

Apenas o volume incrível e inumano dessas vastas torres e baluartes de pedra pudera salvar a horrenda coisa da completa aniquilação em centenas de milhares — talvez milhões — de anos durante os quais cresceu ali em meio às rajadas de uma superfície vazia. "Corona Mundi...Teto do Mundo..." Toda a sorte de frases fantásticas surgia em nossos lábios enquanto olhávamos atordoados para o espetáculo inacreditável. Pensei novamente nos terríveis mitos primais que me assombraram de maneira tão persistente desde minha primeira mirada nesse morto mundo antártico — no demoníaco platô de Leng, no Mi-Go ou no Abominável Homem das Neves dos Himalaias, nos Manuscritos Pnakóticos com suas implicações pré-humanas, no culto a Cthulhu, no *Necronomicon*, nas lendas hiperbóreas do amorfo Tsathoggua e nas mais que amorfas crias estrelares associadas a essa semientidade.

Por quilômetros sem-fim em qualquer direção, a coisa se estendia com mínima variação em espessura; de fato, enquanto nossos olhos seguiam da direita para a esquerda ao longo da base dos sopés baixos e graduais que os separavam dos alicerces da montanha em si, concordamos não ter encontrado nenhuma variação, exceto por uma área limitada de algo incalculavelmente extenso. Os sopés eram salpicados por grotescas estruturas rochosas de forma mais esparsa, ligando a terrível cidade aos já familiares cubos e baluartes que formavam, evidentemente, seus postos avançados nas montanhas. Esses últimos, tais como as estranhas bocas de caverna, eram tão numerosos no interior quanto no exterior das grandes elevações.

O inominável labirinto de pedra consistia, em sua maior parte, de paredes de gelo cristalino de três a cinquenta metros de altura e de espessura que variava entre os dois e quatro metros. Era composta principalmente de prodigiosos blocos de ardósia escura primordial, xisto e arenito — blocos, em muitos casos, com larguras de um a três metros —, ainda que em diversos locais davam a impressão de escavados em leito sólido e irregular de ardósia pré-cambriana. As construções estavam longe de ser iguais em tamanho, havendo inúmeros arranjos alveolares de enorme extensão, bem como estruturas menores separadas. A forma geral dessas coisas tendia ao cônico, piramidal ou escalonado; mas haviam muitos cilindros, cubos perfeitos e aglomerados de cubos e outras formas retangulares, além de uma distribuição peculiar de edifícios angulosos cujas plantas baixas de cinco pontas sugeriam rudemente fortificações modernas. Os construtores fizeram uso constante e experto do princípio do arco, e provavelmente existiram domos no apogeu da cidade.

O emaranhado inteiro fora monstruosamente castigado pelas intempéries, e a superfície glacial de onde as torres assomavam estava repleta de blocos caídos e escombros imemoriais. Onde a glaciação era transparente podíamos ver as partes mais baixas de pilhas gigantescas e percebemos pontes de pedra preservadas no gelo que conectavam as diferentes torres em variadas distâncias sobre o solo. Nas paredes expostas pudemos detectar os locais marcados onde outras pontes do mesmo tipo, porém mais altas, existiram. Uma inspeção mais próxima revelou incontáveis janelas bastante largas; algumas delas estavam fechadas com persianas de madeira petrificada, mas a maioria se escancarava de uma forma sinistra e ameaçadora. Muitas dessas ruínas, é claro, estavam sem teto e apresentavam irregulares extremidades superiores, embora arredondadas pelo vento; enquanto outras, de um modelo mais acentuadamente cônico ou piramidal ou mesmo protegidas por estruturas mais altas nos arredores, preservaram seus contornos intactos apesar do desabamento e das ruínas onipresentes. Com os binóculos dificilmente podíamos distinguir o que pareciam ser esculturas decorativas em faixas horizontais — decorações que incluíam aqueles curiosos agrupamentos de pontos cuja presença nas antigas pedras-sabão assumia agora um significado infinitamente mais amplo.

Em muitos lugares as construções estavam completamente arruinadas, e o lençol de gelo encontrava-se profundamente fendido por várias causas geológicas. Em outras áreas a cantaria estava desgastada até o ponto da glaciação. Um amplo trecho, que se estendia do interior do platô até uma fissura nos sopés a quase dois quilômetros à esquerda da passagem que atravessamos, estava completamente vazio de construções; e provavelmente representava, concluímos, o leito de algum grande rio nos tempos terciários — milhões de anos atrás — que correra pela cidade em direção a algum prodigioso abismo subterrâneo da grande cordilheira. Certamente, essa era, acima de tudo, uma região de cavernas, golfos e segredos subterrâneos que figuram além da compreensão humana.

Retomando as nossas sensações e relembrando nossa estupefação diante daquele monstruoso sobrevivente de éons que pensamos ser pré-humano, só posso admirar que tenhamos conseguido preservar o equilíbrio aparente. É óbvio que sabíamos que alguma coisa — cronologia, teoria científica ou nossa própria consciência — estava terrivelmente errada; ainda que tenhamos mantido equilíbrio suficiente para guiar o avião, observar várias coisas minuciosamente e tirar uma cuidadosa série de fotografias que ainda podem servir tanto para nós quanto para o mundo em uma boa oportunidade. No meu caso, hábitos científicos entranhados podem ter ajudado; acima de toda a minha perplexidade e senso de ameaça, queimava uma dominante curiosidade em sondar ainda mais esse segredo antigo — para saber que tipos de seres construíram e viveram naquele lugar incalculavelmente gigante, e que relação com o mundo exterior de seu tempo e de outros tempos uma concentração de vida tão única fora capaz de criar.

Pois esse lugar não poderia ter sido uma cidade normal. Deve ter formado o núcleo primário e o centro de algum capítulo arcaico e inacreditável da história da Terra, cujas ramificações periféricas, lembradas apenas de maneira diáfana nos mitos mais obscuros e distorcidos, esvaecera completamente entre o caos das convulsões terrenas muito antes que qualquer raça humana conhecida tenha surgido cambaleante entre os símios. Ali se esparrama uma megalópole paleógena perante a qual as fabulosas Atlântida e Lemúria, Commoriom e Uzuldaroum, e Olathoë, na terra de Lomar, podem ser consideradas coisas de hoje — nem mesmo de ontem; uma megalópole ranqueada entre sussurradas blasfêmias pré-humanas, tais como Valúsia, R'lyeh, Ib na terra de Mnar, e a Cidade Sem Nome do deserto da Arábia. Enquanto sobrevoávamos aquele emaranhado de fortes torres titânicas, minha imaginação por vezes escapava de todos os laços e vagava sem rumo por reinos de associações fantásticas — até mesmo tecendo ligações entre esse mundo perdido e alguns dos meus próprios sonhos mais selvagens que envolviam o terror louco no acampamento.

O tanque de combustível do avião, em nome de maior leveza, foi apenas parcialmente preenchido; e, portanto, agora tínhamos que exercer maior cautela em nossas explorações. Mesmo assim, recobrimos uma enorme extensão de terra — ou, melhor, de ar — depois que descemos até uma altura em que o vento se tornou virtualmente irrelevante. Parecia não haver limites para a cordilheira de montanhas, ou para a extensão da terrível cidade de pedra que bordejava seus sopés interiores. Oitenta quilômetros de voo em ambas as direções não revelaram maiores alterações no labirinto de rocha e alvenaria que se erguia morbidamente através do gelo eterno.

Havia, entretanto, algumas diferenças altamente absorventes; tais como os entalhes no cânion onde um grande rio uma vez perfurara os sopés e se aproximara de sua foz na grande cordilheira. Os promontórios na entrada da corrente foram entalhados ousadamente nos ciclópicos pilões; e algo sobre seu desenho rugoso e em forma de barril evocou lembranças estranhamente vagas, odiosas e confusas tanto em Danforth quanto em mim.

Também nos deparamos com vários espaços vazios em forma de estrela, evidentemente praças públicas; e notamos diversas ondulações no terreno. Onde se erguia um morro íngreme, geralmente era escavado algum tipo de desconexo edifício de pedra; mas havia ao menos duas exceções. Dessas últimas, uma foi tão castigada pelas intempéries que não era possível saber o que jazera sobre seu cume, enquanto a outra ainda trazia um fantástico monumento cônico entalhado em rocha sólida e rudemente semelhante a coisas tais como a bem conhecida Tumba da Serpente, no antigo vale de Petra.

Voando das montanhas em direção ao continente, descobrimos que a cidade não possuía uma vastidão infinita, ainda que seu comprimento ao longo dos sopés parecesse interminável. Após cerca de cinquenta quilômetros, as grotescas construções de pedra começaram a rarear, e depois de outros dezesseis quilômetros chegamos a um inquebrantável deserto virtualmente ausente de ação senciente. O curso do rio além da cidade parecia demarcado por uma larga faixa em depressão; por sua vez, a terra assumia uma maior robustez, aparentemente se tornando um leve aclive enquanto retrocedia no oeste enevoado.

Até então não havíamos feito nenhuma aterrissagem, mas deixar o platô sem nem uma tentativa de adentrar algumas das monstruosas estruturas seria inconcebível. Em concordância, decidimos encontrar um lugar suave nos sopés próximos à nossa passagem navegável, pousar ali o avião e nos preparar para realizar alguma exploração a pé. Embora essas encostas graduais estivessem parcialmente cobertas de escombros, um voo baixo logo revelou um amplo número de possíveis locais de pouso. Escolhendo o mais próximo da passagem, já que em seguida voaríamos de volta ao acampamento através da grande cordilheira, descemos por volta das 12h30 em um suave campo de neve completamente livre de obstáculos e bem adaptado para uma rápida e favorável decolagem mais tarde.

Não nos pareceu necessário proteger o avião com uma barricada de neve por um período de tempo tão curto e em condições tão favoráveis com a ausência do vento; assim, verificamos apenas se os esquis de pouso estavam firmemente encaixados e se as partes vitais do mecanismo se encontravam resguardadas do vento. Para nossa jornada a pé, descartamos os casacos mais pesados e partimos com uma pequena equipagem composta de uma bússola de bolso, câmera de mão, provisões leves, papéis e cadernos para anotações, martelo e cinzel de geólogo, bolsas para coletas de espécimes, rolos de cordas de rapel e poderosas lanternas elétricas com baterias extras; tal equipamento fora trazido no avião considerando a oportunidade de que pudéssemos efetuar uma aterrissagem, tirar fotos em solo, fazer desenhos e rascunhos topográficos e obter espécimes de rocha de alguma encosta desnuda, afloramento ou caverna na montanha. Afortunadamente possuíamos um suprimento extra de papel para ser cortado, guardado em uma bolsa de coleta reserva e então poderíamos seguir o princípio antigo de seguir pistas, demarcando nosso percurso em qualquer labirinto interior que penetrássemos. Esse suprimento foi trazido para o caso de nos depararmos com algum sistema de cavernas com ar suficientemente calmo para que pudéssemos empregar um método mais rápido do que a usual marcação de rochas durante uma expedição de reconhecimento.

Descendo cautelosamente sobre a crosta de neve em direção ao estupendo labirinto de pedra que se assomava contra o oeste opalescente, fomos tomados por uma sensação de admiração tão iminente quanto a que sentimos ao nos aproximar da insondável passagem na montanha quatro horas atrás. Em realidade, nos tornamos visualmente familiarizados com o incrível segredo oculto entre as barreiras de picos; no entanto, a perspectiva de realmente penetrar as muralhas primordiais erigidas por seres conscientes há, talvez, milhões de anos — antes que qualquer raça humana conhecida pudesse existir — era no mínimo pavorosa e potencialmente terrível em suas implicações de anormalidade cósmica. Embora o ar rarefeito na prodigiosa altitude tenha tornado o esforço um tanto mais difícil que o usual, Danforth e eu resistimos muito bem e nos sentíamos igualmente capazes de enfrentar praticamente qualquer problema que pudesse surgir. Depois de apenas alguns passos alcançamos uma ruína disforme desgastada até o nível da neve, enquanto cinquenta ou setenta metros à frente havia um enorme baluarte sem teto, ainda completo em seu contorno gigantesco de cinco pontas, erguendo-se até uma altura incomum de pouco mais de três metros. Seguimos em sua direção; e quando finalmente fomos capazes de tocar seus blocos ciclópicos desgastados pelas intempéries, sentimos que havíamos estabelecido uma ligação sem precedentes e quase blasfema com éons esquecidos e normalmente inacessíveis à nossa espécie.

Essa amurada, em formato de estrela e com cerca de noventa metros de uma ponta a outra, era constituída de blocos de arenito jurássico de tamanho irregular, em geral com uma superfície de um metro e oitenta por dois metros e meio. Havia uma fila de brechas ou janelas com cerca de um metro e vinte de largura

por um e meio de altura; distribuídas bem simetricamente ao longo das pontas da estrela e em seus ângulos internos, e com suas bases a cerca de um metro e vinte da superfície congelada. Olhando através delas, percebemos que a cantaria tinha uma espessura total de um metro e meio, que não havia repartições internas remanescentes e que restavam traços de entalhes ou baixos-relevos nas paredes internas; fatos que já havíamos imaginado antes, quando voávamos baixo sobre essa muralha e outras semelhantes. Ainda que partes mais baixas devam ter existido originalmente, todos os resquícios estavam agora completamente obscurecidos pela profunda camada de gelo e neve no local.

Rastejamos através de uma das janelas e em vão tentamos decifrar os desenhos quase apagados do mural, mas não tentamos perturbar o piso congelado. Nossos voos de orientação indicaram que muitos prédios na própria cidade estavam menos

cobertos de neve, e talvez pudéssemos encontrar interiores completamente limpos que conduziriam ao verdadeiro nível de solo se adentrássemos tais estruturas que ainda possuíam teto. Antes de deixarmos a muralha, a fotografamos cuidadosamente e estudamos sua ciclópica cantaria desprovida de argamassa com completa estupefação. Desejamos que Pabodie estivesse presente, pois seu conhecimento em engenharia nos ajudaria a compreender como tais blocos titânicos puderam ser manejados numa era incrivelmente remota, quando a cidade e sua periferia foram construídas.

A descida de quase um quilômetro até a cidade, com a ventania elevada uivando de maneira selvagem e vã através dos picos que tocavam o céu atrás de nós, sempre permanecerá gravada em minha mente nos menores detalhes. Apenas em pesadelos fantásticos seres humanos como Danforth e eu seriam capazes de conceber tais efeitos óticos. Entre nós e os vapores turbulentos do ocidente restava o monstruoso emaranhado de torres de pedra negra, e não fosse pelas fotografias, eu ainda duvidaria de que tal coisa pudesse existir. O tipo geral de cantaria era idêntico ao da muralha que examinamos; mas as formas extravagantes que essa cantaria assumia em suas manifestações urbanas superam qualquer descrição.

Mesmo as fotos ilustram apenas uma ou outra fase de sua bizarria infinita, variedade interminável, sobrenatural opulência e absoluto exotismo alienígena. Havia formas geométricas que um Euclides mal poderia nomear — cones de todos os graus de irregularidade e truncamento; terraços com todo tipo de desproporção provocativa; veios com alargamentos bulbosos estranhos; colunas quebradas em agrupamentos singulares; e arranjos grotescos com cinco pontas ou estrias. Enquanto nos aproximávamos pudemos ver através de certas partes transparentes do lençol de gelo, detectando algumas das pontes tubulares de pedra que conectavam as estruturas loucamente salpicadas em várias alturas. Não havia sinal de estradas organizadas, e a única via mais larga estava a um quilômetro e meio à esquerda, onde o antigo rio indubitavelmente fluiu pela cidade em direção ao interior das montanhas.

Nossos binóculos mostravam que as faixas horizontais externas das esculturas quase erodidas e grupos de pontos prevaleciam, e mal podíamos imaginar como teria sido o aspecto da cidade — ainda que a maioria dos tetos e cúpulas tenha inevitavelmente tombado. Em seu todo, a cidade fora um emaranhado complexo de vielas contorcidas e becos; cânions profundos, sendo alguns pouco mais que túneis em virtude da cantaria pendente ou pontes sobranceiras. Agora, esparramada à nossa frente, erguia-se como uma fantasia onírica contra a bruma ocidental, onde, através da extremidade setentrional, o vermelho e baixo sol antártico do início da tarde lutava para brilhar; e quando, por um momento, esse sol encontrava uma obstrução mais densa que lançava a cena em uma sombra temporária, o efeito era ameaçador de uma forma que eu nunca esperaria descrever. Mesmo o uivo enfraquecido e o assovio do vento que atravessava despercebido a grande montanha atrás de nós assumira uma nota mais selvagem de intencional malignidade. O último estágio de nossa descida até a cidade foi extraordinariamente íngreme e abrupto, e uma rocha que aflorava na ponta em que a elevação se alterava nos levou a acreditar que um terraço artificial uma vez existira ali. Sob a glaciação, acreditamos, devia haver um lance de escadas ou algo equivalente.

Quando finalmente mergulhamos na labiríntica cidade, escalando a cantaria desabada e nos afastando da proximidade opressiva e da altura que nos reduzia a anões com suas onipresentes paredes lascadas e em ruínas, nossas sensações novamente se acirraram, de forma que me surpreendi com o autocontrole que mantivemos. Danforth estava francamente agitado e começou a fazer algumas especulações ofensivamente irrelevantes sobre o horror no acampamento — das quais me ressentia cada vez mais porque não podia evitar de partilhar certas conclusões, forçado pelo aspecto daquela mórbida sobrevivente dos pesadelos antigos. As especulações também afetaram sua imaginação; pois, num determinado ponto — onde uma ruela repleta de detritos fazia uma curva abrupta —, ele insistiu ter visto estranhos traços nas marcas do solo que lhe causaram alguma repulsa; enquanto em outro lugar ele parou para ouvir um sutil som imaginário vindo de algum ponto indefinido, um abafado silvo musical, disse ele, não muito diferente daquele produzido pelo vento nas cavernas das montanhas, mas de alguma forma perturbadoramente distinto. O assomo incessante das *cinco pontas* na arquitetura ao redor e nos poucos arabescos distinguíveis no mural sugeria vagamente alguma coisa sinistra da qual não podíamos escapar; e nos forneceu indícios de uma terrível certeza subconsciente em relação às entidades primais que haviam erguido e habitado esse lugar profano.

Contudo, nossas almas científicas e aventureiras não estavam completamente mortas; e cumprimos mecanicamente nosso programa de coleta de espécimes de todos os tipos distintos de rocha presentes na cantaria. Desejávamos um conjunto completo com o objetivo de estabelecer melhores conclusões a respeito da idade do lugar. Nada nas grandes paredes externas parecia pertencer a alguma época após os períodos Jurássico e Comancheano, e nenhum pedaço de pedra em todo o local teria figurado em uma era mais recente que a Pliocena. Com grave

certeza, vagávamos por uma morte que reinava por pelo menos quinhentos mil anos, e, com todas as probabilidades, por ainda mais tempo.

Enquanto prosseguíamos através daquele labirinto crepuscular de pedras sombrias, parávamos em todas as aberturas disponíveis para estudar os interiores e investigar possíveis entradas. Algumas estavam além de nosso alcance, enquanto outras conduziam apenas a ruínas soterradas por gelo, desprovidas de teto e estéreis como a barreira no morro. Uma, ainda que espaçosa e convidativa, se abria em um abismo aparentemente sem fundo, e não havia qualquer meio visível para descê-lo. De vez em quando tínhamos uma chance de estudar a madeira petrificada de uma veneziana sobrevivente e nos impressionávamos com a antiguidade fabulosa da fibra ainda discernível. Aquelas coisas tinham vindo de gimnospermas e coníferas do Mesozoico — especialmente de cicadófitas do período Cretáceo — e de palmeiras e angiospermas antigas que datavam do Terciário. Nada definitivamente posterior ao Plioceno pôde ser descoberto. Essas venezianas — cujas extremidades revelavam a antiga presença de estranhas dobradiças há muito desintegradas — pareciam ter sido instaladas para usos variados; algumas se encontravam no exterior e outras no interior de profundas canhoneiras. Aparentemente foram fincadas no local, sobrevivendo, assim, à ferrugem de seus antigos e provavelmente metálicos fixadores e suportes.

Após um tempo chegamos a uma fileira de janelas — nos bojos de um colossal cone de cinco pontas com o ápice intacto — que conduzia a um cômodo vasto e bem preservado com piso de pedra; mas essas eram altas demais para que pudéssemos descer sem o auxílio de uma corda. Tínhamos uma corda conosco, mas não queríamos nos incomodar com aquela descida de seis metros a menos que fôssemos obrigados — especialmente nesse ar rarefeito do platô onde muito se exige da ação do coração. Esse recinto enorme era provavelmente um salão ou algum tipo de átrio, e nossas lanternas elétricas revelaram esculturas arrojadas, distintas e potencialmente chocantes arranjadas ao longo das paredes em faixas horizontais, separadas por igualmente largas faixas de convencionais arabescos. Tomamos cuidadosas notas desse local, planejando entrar ali caso não encontrássemos um interior mais acessível.

Finalmente, porém, encontramos exatamente a abertura que almejávamos; um caminho arqueado com cerca de dois metros de largura e três de altura, demarcando o antigo término de uma ponte suspensa que se estendera como uma via e se erguia cerca de um metro e meio acima do presente nível de glaciação. Essas arcadas, é claro, eram repletas de andares superiores; e nesse caso específico um dos andares ainda existia. A construção acessível era composta de uma série de terraços à nossa esquerda, voltados para o ocidente. Do outro lado da via, onde a outra arcada se abria, havia um cilindro decrépito e sem janelas com uma protuberância curiosa a cerca de três metros acima da abertura. O interior estava totalmente escuro, e a arcada parecia desembocar em um poço de vazio ilimitado.

Detritos amontoados tornaram duplamente fácil a entrada para o vasto prédio à esquerda, ainda que por um momento tenhamos hesitado antes de aproveitar a chance tão longamente desejada. Embora já imersos num emaranhado de mistérios arcaicos, seria necessária uma resolução mais forte para que nos aventurássemos naquela construção realmente completa e intacta pertencente a um fabuloso mundo ancestral cuja essência nos parecia cada vez mais hedionda. Por fim, contudo, seguimos em frente; e cambaleamos pelo pedregulho até adentrar a canhoneira aberta. O piso adiante era composto de grandes lajes de ardósia que pareciam formar o final de um longo e amplo corredor com paredes esculpidas.

Observando as várias arcadas internas que conduziam para o exterior e percebendo a provável complexidade do ninho de aposentos do interior, decidimos dar início ao nosso sistema de marcação do caminho. Até ali nossas bússolas, em conjunto de frequentes observações da vasta cordilheira de montanhas entre as torres em nossa retaguarda, foram o suficiente para prevenir que nos desviássemos de nosso caminho; mas, de agora em diante, o substituto artificial seria necessário. Assim, reduzimos nosso papel extra à tiras de tamanho razoável, as acomodamos em uma sacola que Danforth carregava e nos preparamos para usá-las tão economicamente quanto permitiria nossa segurança. Tal método provavelmente nos garantiria imunidade contra desvios, já que não parecia existir nenhuma corrente de ar muito forte no interior da cantaria primordial. Se as correntes de ar surgissem, ou se exauríssemos nosso suprimento de papel, poderíamos recorrer ao mais seguro, porém mais tedioso e demorado, método de demarcar rochas.

Era impossível afirmar o quão extenso era o território que desbravamos sem o colocarmos à prova. A conexão estreita e frequente entre os diferentes prédios fazia parecer que seria possível atravessar de um para o outro em pontes soterradas pelo gelo, exceto quando éramos impedidos por desabamentos localizados e fendas geológicas, já que o mínimo de glaciação parece ter adentrado as construções massivas. Quase todas as áreas de gelo transparente revelaram as janelas submersas e hermeticamente cerradas, como se a cidade tivesse se mantido naquele estado uniforme até que o lençol gelado cristalizasse sua parte baixa para todo o sempre. De fato, tinha-se a curiosa impressão de que esse lugar fora deliberadamente fechado e abandonado em algum obscuro e antigo éon, e não subjugado por alguma calamidade repentina ou mesmo uma gradual decadência. A chegada do gelo teria sido prevista, forçando uma inominável população a fugir em massa a fim de buscar uma estadia menos condenada. As precisas condições fisiográficas relativas à formação da camada de gelo nesse ponto teria que aguardar uma solução mais tardia. Talvez a pressão de nevascas acumuladas tenha sido a responsável; e talvez alguma inundação do rio, ou a ruptura de alguma antiga represa glacial na grande cordilheira, tenha ajudado a criar aquele estado especial. A imaginação poderia conceber quase qualquer coisa em relação ao lugar.

H. P. Lovecraft

HOWARD PHILLIPS LOVECRAFT

_(1890–1937)_

Howard Phillips Lovecraft nasceu em 20 de agosto de 1890 na cidade de Providence, Rhode Island, nos Estados Unidos. Desde pequeno, Lovecraft apresentava uma saúde delicada, com casos agravados por constantes mudanças ao longo da vida e, ainda que não tivesse frequentado a escola com regularidade, foi uma criança intelectualmente precoce. Sua juventude foi dedicada à poesia, e apenas aos 27 anos de idade que começou a se aventurar pelo terror, pela fantasia e pela ficção científica, gêneros que o consagraram como um dos mais talentosos autores do planeta. Seus contos e novelas, inspirados constantemente por pesadelos, são discutidos até hoje por uma legião de leitores impactados pela sua mitologia repleta de simbolismos. Pai de inúmeras entidades monstruosas, Lovecraft foi responsável por disseminar o cosmicismo ao explorar a indiferença do universo em relação à existência humana, que pode ser varrida da História a qualquer momento. Em 1937, sofrendo com a progressão de um câncer no intestino, Lovecraft se internou no Hospital Memorial Jane Brown, morrendo cinco dias depois, em 15 de março, aos 46 anos de idade. O jazigo da família Phillips, no Swan Point Cemetery, em Providence, ainda guarda seu túmulo. De sua autoria, a **DarkSide® Books** publicou os livros de contos _H.P. Lovecraft: Medo Clássico v. 1_ (2017) e _v. 2_ (2021).

FRANÇOIS BARANGER

François Baranger nasceu em 1970 na França. Artista e ilustrador multifacetado, ele trabalha sobretudo produzindo *concepts* para filmes (*Harry Potter*, *Fúria de Titãs*, *A Bela e a Fera*) e jogos de computador (*Heavy Rain*, *Beyond: Two Souls*), além de ilustrar várias capas de livros. Publicou sua primeira trilogia de ficção científica, *Dominium Mundi*, em 2016 e 2017, e é autor do thriller *L'Effet Domino* (2017). *O Chamado de Cthulhu* (DarkSide® Books, 2021) é sua primeira adaptação da obra de Lovecraft, seguida de **Nas Montanhas da Loucura**. Saiba mais em francois-baranger.com.

NOTA DO EDITOR

Lovecraft esposava algumas ideias claramente racistas. Para ele, qualquer um que não tivesse a "pele clara dos nórdicos" (carta endereçada a Lillian D. Clark em 1926) era inferior. Seus sentimentos excludentes eram direcionados não apenas aos negros, mas aos poloneses, mexicanos, portugueses e judeus. Para alguns autores, como China Miéville, o ódio de raça é um elemento fundamental da prosa lovecraftiana, pois, basicamente, seus monstros e aberrações são a representação de seus temores e fobias de raça. Em *Providence*, série em quadrinhos de autoria de Alan Moore e Jacen Burrows, gays, judeus, negros e imigrantes são mostrados como inspiração para as aberrações criadas por Lovecraft. S.T. Joshi, biógrafo do autor e provavelmente o maior especialista em sua obra, discorda a respeito da centralidade do racismo na obra de Lovecraft. Segundo ele, as posturas mais radicalmente racistas do autor estavam presentes em seu trabalho de juventude e não eram centrais nas histórias em si. Ainda segundo Joshi, o racismo de Lovecraft foi sendo minorado com a idade e a maturidade. Seu casamento com uma mulher de ascendência judaica, ainda que fracassado, e o estabelecimento de relações com pessoas de ascendências diversas teria feito Lovecraft repensar suas posturas. Em 2014, após imensa pressão de autores do mundo todo, o World Fantasy Awards, um dos maiores prêmios atribuídos a autores de ficção científica e fantasia, mudou o desenho de seu troféu, que antes trazia um busto de Lovecraft. O racismo do autor teria sido o motivo.

AGRADECIMENTOS

François Baranger agradece a Maxime Chattam,
Arnaud Bordas e Nicolas Fructus